La Scala

GABRIELE ROMAGNOLI

Sogno bianco

Romanzo di un ghiacciaio

Rizzoli

Pubblicato per

Rizzoli

da Mondadori Libri S.p.A.

ISBN 978-88-17-16495-5

Prima edizione: settembre 2022

Questo è un romanzo. Nomi, personaggi, società, organizzazioni, eventi, fatti storici e circostanze, qualora non siano frutto dell'immaginazione dell'autore, sono usati ed eventualmente rielaborati per scopi narrativi.

Per l'immagine di copertina:
Negli ultimi trent'anni, tutti i giorni, alle 12.00, gli scienziati hanno lanciato un pallone sonda dall'AWIPEV Atmospheric Observatory, alle isole Svalbard. Qui le temperature medie invernali sono aumentate di 6-8 °C, più che in qualunque altro posto sulla Terra.
Esther Horvath, autrice dello scatto, descrive così il suo progetto: «Il cambiamento climatico non conosce confini o interruzioni, riguarda ciascuno di noi e avrà un impatto su tutti, eppure i suoi effetti sono maggiori sull'Artico. Studiarlo ci può dare un piccolo anticipo del possibile futuro della Terra. Più conoscenze acquisiamo, migliori saranno i cambiamenti che possiamo attuare sul lungo periodo. Ma sono qui anche per ragioni personali: vorrei che tutti vedessero questi posti bellissimi e al contempo rudi e fragili, così che sia chiaro a tutti che bisogna intervenire non solo per noi stessi ma anche per le generazioni che verranno. Mi ritengo molto fortunata per essere stata una delle poche persone che hanno visitato questo luogo prima che scompaia».

Realizzazione editoriale: Studio editoriale Littera, Rescaldina (MI)

Sogno bianco

Prologo
(2037)

Apriva gli occhi all'alba, con la sensazione di aver sognato, ma senza riuscire a ricordare cosa: come un volto che non affiora dalla memoria, eppure appartiene a qualcuno che si è conosciuto. Le succedeva sempre, fin da quando era bambina, fin da quando aveva ricordi delle sue notti: ne sfogliava il libro, era convinta di leggere, arrivava in fondo al capitolo e si accorgeva di avere soltanto girato le pagine, pagine bianche.

È il sogno bianco, le aveva spiegato lo psicanalista. Sua madre ce la portava da quando aveva cinque anni, subito dopo il trasferimento nella città di Milano. Era cresciuta con quella specie di zio del lunedì e giovedì pomeriggio, in alternanza con le lezioni di nuoto e di pianoforte. Appena raggiunta la maggiore età aveva deciso di smettere: con il nuoto, con il pianoforte, ma prima di tutto con la psicanalisi. Sua madre c'era rimasta male. I suoi sogni erano rimasti bianchi. Usciva da un palazzo senza porte, senza finestre, si voltava a guardarlo ma non c'era più e non ne aveva memoria. Da dove era arrivata? Da un sogno bianco, appunto.

Conosceva definizioni e classificazioni scientifiche. Metà delle persone ricorda i propri sogni. Dell'altra metà il venti per cento non ricorda niente, al punto che è convinto di non sognare mai, il trenta per cento di cui faceva parte lei aveva quell'impressione di aver sognato, ma se gli chiedevi che cosa, non riusciva a evocare niente.

Perché dimenticavano? Non accettava la spiegazione più semplice: aver sognato proprio il nulla, come se le avessero consegnato un pacco vuoto. Non la convinceva la teoria dell'esistenza di un confine tra diversi momenti del sonno in cui non avviene niente. Troppo poco seducente. Restava l'ipotesi della censura: il sogno esiste, ma chi lo fa lo cancella, lo sbianca, per non doverlo ricordare e farci i conti. È una fantasia che ci si proibisce da sé. Che cosa stava cercando di nascondere a se stessa?

Adesso ha cinquantaquattro anni e ancora non conosce la risposta.

Apre gli occhi all'alba, ma lo fa nel sogno. Scosta una ciocca di capelli biondi che le fa il solletico sulle ciglia. Ha mani da pianista anche se ha smesso di suonare: la sua tastiera preferita è stata, negli anni a seguire, quella del computer. A svegliarla sono stati passi nel corridoio, fuori dalla stanza in cui si trova. Passi pesanti, e si stanno avvicinando. Lei ha l'età di quando interruppe l'analisi e tutto il resto. Si sente giovane, ma già sconfitta. Indossa un camice bianco, è in una camera dalle pareti bianche, le sembrano imbottite, poi si accorge che sono ricoperte da un sottile strato di gelo: è una cella frigorifera, o qualcosa che le somiglia. Non sa perché si trova lì: nei sogni non si ha un passato, neppure prossimo. Cerca di alzarsi dal tavolo su cui è sdraiata, ma non ci riesce, prova un dolore attutito. Si rimette giù, guarda il soffitto, la luce si abbassa, procedendo verso la totale oscurità. I passi si fermano a breve distanza dalla porta. Fa uno sforzo estremo e si solleva, trascinandosi all'uscio, lo spalanca ed è allora che vede il ghiacciaio davanti a sé, senza confine. Ha freddo, indossa soltanto il camice che adesso le va largo, le maniche sono troppo lunghe e penzolano oltre le sue mani di bambina spaventata che fissa qualcosa davanti a sé e pensa: al risveglio dovrò dimenticarmene. Cerca di mettere a fuoco una forma scura a pochi passi da lei, ma la distrae il rumore dei colpi sul legno. Se la porta è aperta, come possono bussare? Che cosa vogliono? Chi stanno cercando? Le gambe non la reggono, scivola sulla superficie gelata e precipita verso quella massa scura che vuole a tutti i costi evitare. C'è un solo modo: svegliarsi. Se lo dice nella mente, è un comando: devi svegliarti, ora!

Lo fa proprio mentre la porta si apre, sbatte le palpebre, dimentica.

La stanza in cui si trova adesso è simile a quella del sogno, ma le pareti sono grigie. Il vestito che indossa le va largo, ma è blu chiaro. Sul muro è appesa la fotografia di una montagna. Il letto di fronte al suo è vuoto: la compagna di cella è stata trasferita il giorno precedente. Sulla soglia c'è una donna in divisa che la osserva. Lei la riconosce, anche se ha uno sguardo diverso dal solito. Negli occhi della guardia ha sempre letto il disprezzo per chi poteva avere una vita in discesa e invece si è buttata via, per sentieri laterali e piste senza sbocco, finendo per cadere una volta di più rispetto a quelle in cui era stata capace di rialzarsi. Le persone semplici a tutti perdonano, tranne a chi si complica l'esistenza. Spesso confondono la facilità con l'agiatezza. Considerano l'inquietudine un lusso. Più facile comprendere chi era finito lì per aver commesso un furto rispetto a lei, che aveva infranto la legge in nome dell'ambiente. Una stravaganza, un passatempo, un vizio. Improvvisamente in quello sguardo è affiorata una scintilla di compassione. Si alza sapendo che sarà un giorno particolare. La guardia le fa cenno di seguirla. Lei le va incontro, la sovrasta in altezza. L'altra si gira per evitare il confronto. La sua camicia è madida di sudore, ciocche di capelli si sono attaccate al collo. Mentre le va dietro tocca l'orologio per accenderne il quadrante e avvia la funzione termometro: i gradi sono quarantatré, nelle previsioni un sole rosso fuoco domina il mese intero. Quando entrò in carcere la temperatura media in quel periodo era di cinque gradi in meno. Toglieranno un'altra ora di acqua al giorno. Era scritto che sarebbe andata così, ma era una pagina che tutti scordavano dopo averla letta. Non è questo il suo pensiero principale mentre le viene aperto il cancello del corridoio che conduce agli uffici amministrativi. Vede, al fondo, la porta della direzione, già socchiusa. Intuisce che oggi sarà liberata. Non sa ancora che il mondo da cui ha avuto origine è finito.

Primo sogno
(1917)

Ghiacciaio M

Estensione: 390 ettari
Profondità: oltre 50 metri
Aspettativa di vita: indeterminata

❄

Andrea Darman si svegliò e non capì dove si trovasse. Quando infine ci riuscì, avrebbe preferito continuare il sonno. Ebbe la tregua di pochi istanti che grazia tutti, quella breve fase in cui non si sa neppure chi si è: parte del tutto, come torneremo a essere. Poi, staccò la sua briciola: vent'anni, falegname, soldato al fronte, da ormai due anni in guerra sul ghiacciaio.

«Maria...» sussurrò.

Prese coscienza del suo corpo, sentì le ferite. Intuì che gli stava passando l'effetto di una sostanza che l'aveva fatto dormire e lenito il dolore. Con la consapevolezza, sarebbe tornata anche la sofferenza. Aveva la gamba destra maciullata: da lì partivano le fitte. Era stata fasciata, ma il sangue aveva macchiato le pezze. Chi era stato? Dove? Aveva soltanto domande. Tutto era bianco. La mantella che indossava e che gli risultava familiare. La barella su cui era steso, avvolta in pezzi di stoffa sconosciuta. Le pareti di quella stanza. Il soffitto cambiava colore in punti lontani, angoli smussati, diventando più scuro, con sfumature di verde. Bagliori si inseguivano, ma la luce che arrivava era fioca. Candele accese si sfinivano, non entrava aria per soffiare sulla fiamma.

Urlò non parole, ma lettere, vocali a caso: nessuna risposta. Pensò al limbo, ma era già nato. All'aldilà, ma era ancora vivo: a garantirlo era il dolore che provava, divenuto il solo modo di percepire l'esistenza, la sua certificazione. Pensò infine a una catacomba in cui era stato sepolto mentre ancora respirava e a quell'ipotesi si fermò.

«Maria!» ripeté.

Se ricordava lei poteva ricordare la vita. Rivide i suoi occhi azzurri. Nel sinistro, accanto all'iride, si stava allargando una piccola macchia color sabbia. Lei temeva fosse una clessidra: tutto sarebbe finito quando l'occhio fosse cambiato definitivamente. Forse era paura, forse soltanto vanità. La guerra era scoppiata quando ancora era una duna nel mare. Lui amava guardarla proprio lì. Il gran mistero dell'innamoramento loro due l'avevano risolto nel più facile dei modi: abitavano accanto, due case con un piccolo podere, divise da una doppia staccionata e da una disputa sui confini. I loro padri si contendevano pochi acri di terra, di qui la doppia recinzione: in mezzo c'era la zona franca. Da anni cercavano invano negli archivi di casa e del comune gli atti che dimostrassero la proprietà. Uno vantava un contratto firmato dai nonni su carta oleata nel retro della drogheria. L'altro la riteneva una fantasia da osteria, ma la misurazione a cui si richiamava era contenuta in documenti divorati dal fuoco di un incendio divampato alla fine del secolo precedente. Così Andrea e Maria si erano sollevati sulle punte dei piedi per affacciarsi ognuno al proprio steccato e avevano riconosciuto un futuro oltre quel presente diviso. L'unione sarebbe stata impossibile senza i lutti. Morirono il padre di lei e la madre di lui, nello stesso inverno, di polmonite. I sopravvissuti si addolcirono, abbassarono la guardia. Al punto che loro due, ormai adolescenti, temettero un'unione tra i vedovi che avrebbe precluso la loro. I genitori presero invece altre strade, spostarono la palizzata, a quel punto unica, a metà esatta della distanza e lì i due ragazzi poterono infine abbracciarsi senza più sforzo.

Il destino concede sempre una pausa che viene scambiata per definitiva e non goduta abbastanza. Lavoravano dall'alba al tramonto: lui con la legna, lei con i formaggi. Si scambiavano visite serali e domenicali. Matrimonio era una parola sulla punta della lingua, che la guerra aveva troncato. A una delle sue prime lettere («Ringrazio Dio della grazia che mi concesse di conservarti, lunga è la prova della nostra separazione, ma questo non sta in noi. Benché lontana, ti sono sempre vicina col pensiero») aveva accluso un pacchetto. Conteneva un formaggio di malga e una cravatta. Il primo lo aveva subito diviso con i compagni. La seconda l'aveva guardata chiedendosi che idea avessero in paese di quel fronte a tremila metri. Forse sapevano che la fine di quell'incubo era vicina. La mise da parte. L'avrebbe usata qualche giorno più tardi, come laccio emostatico al braccio di un compagno, che pendeva innaturale dopo lo scoppio ravvicinato di una granata.

Scostò la mantellina e toccò la divisa di panno. Era umida e strappata, non la toglieva da troppo tempo e gli indumenti che aveva sotto si erano attaccati alla pelle: il sudore e il sangue li avevano incollati. Ai piedi portava scarponi di cartone pressato: l'ultima fornitura all'esercito italiano. Si passò a fatica la mano sul viso: la barba era cresciuta, ma non trovò tagli. Un occhio era gonfio, ma gli consentiva la visione quasi completa, anche se non capiva che cosa stesse guardando. Scese a toccare il resto del torace: sembrava tutto a posto. Si infilò con timore la mano nei pantaloni: intatto anche lì. La gamba destra, invece, come pensava, un disastro: il dolore cresceva in continuazione, se si fosse tolto le bende temeva avrebbe scoperto un principio di cancrena. Provò a sollevarsi e ci riuscì in parte. Poggiare i piedi a terra era una sfida, camminare impossibile. Si rimise sdraiato e cercò di regolare il respiro mentre fissava la calotta bianca. Aveva visto altre barelle e altre brande, tutte vuote. Un armadietto spalancato in cui restava un solo flacone, rotto. Un bidone per i rifiuti. Un tavolo su cui erano stati abbandonati qualche barattolo e una siringa usata: probabilmente su di lui. Né fiale né medicine: non c'era possibilità di un nuovo anestetico e non sapeva in che altro sperare.

Gli faceva male la testa, trovò un bozzo poco sopra la nuca. Quando ritrasse le dita le vide insanguinate. Quel che più lo addolorava era la violenza dei ricordi che si urtavano nella memoria per farsi strada. Rivide i cadaveri congelati nelle trincee, gli spari di una fucilazione, il freddo insopportabile di una notte che gli era sembrata l'ultima; ma rivide anche i compagni che giocavano a carte arrabbiandosi come se fossero stati al caldo nelle taverne, le mani amiche che si spulciavano a vicenda, il soldato con la faccia scavata dallo scoppio di una granata che lui si era sforzato di guardare negli occhi come niente gli fosse successo. Rivide il capitano Motta prigioniero del suo ruolo, che imponeva una disciplina senza più logica; Malospirito che cantava di notte ritornelli che nessun altro conosceva; Canio intento a scrivere una lettera che non avrebbe spedito mai; Giulio Feroci mentre riscaldava il caffè ghiacciato nella borraccia, unico capace di berlo. E, su tutti, il volto di Maria che lo aspettava, vincitore o vinto. Se soltanto avesse saputo che cosa era successo, se giù in paese erano tutti salvi, se esisteva ancora un futuro. Non riusciva a ragionare, i pensieri gli si troncavano, come sogni in un dormiveglia agitato. Si rivide correre incontro ai proiettili. Perché, se aveva qualcuno ad aspettarlo? E che cosa gli aveva evitato di essere ucciso fino ad allora? Vide un uomo enorme, lo sentì ridere, come fosse in un'altra stanza di quel luogo misterioso, poi tacere. Per sempre, pensò. Pensò anche che la pazzia fosse una buona via d'uscita, forse l'unica. Prima però avrebbe dovuto assicurarsi che non ce ne fossero davvero altre. Doveva scendere dalla barella e trascinarsi fuori da quella stanza, per capire dove fosse. Attese, radunò le forze, disperse i ricordi. Non era ancora pronto per morire, ma non era in grado di tornare. Doveva tuttavia provarci. Non lo promise a Maria, a sua madre o al cielo: le bugie più grandi si raccontano a se stessi.

Si lasciò cadere sul pavimento e si sorprese: anche quello era di ghiaccio. Era in una stanza di ghiaccio, in un mondo di ghiaccio. Questo lo aiutava a spostarsi: scivolò fino all'ingresso, alzò gli occhi e vide, conficcata nella parete bianca, una rudimentale insegna di legno. Non capì la parola che c'era scritta sopra, era in tedesco, ma la croce tracciata con la vernice rossa, benché abbozzata, era un simbolo universale e indicava un ospedale o qualcosa di equivalente. L'infermeria, decise. Sporse la testa oltre la soglia e vide un lungo corridoio. Al fondo, dove incrociava altre gallerie che immaginò simili, c'erano cartelli come quello dell'infermeria, con parole diverse, diversi simboli, come fosse un villaggio scavato nel ghiaccio: davvero poteva esistere? O era il suo ultimo sogno?

❄

Andrea strisciò in quell'ordinato labirinto per qualche metro, finché il dolore alla gamba gli impose di fermarsi. Si appoggiò alla parete con cautela, pensando sarebbe stata gelida o che la sua giacca si sarebbe attaccata, ma non successe. La temperatura era più alta lì che all'esterno. La leggenda della città di ghiaccio, che circolava tra i soldati, era dunque vera. Dal silenzio era evidente che i nemici se n'erano andati. L'uscita da quel covo per fantasmi, se anche l'avesse mai raggiunta, era probabile l'avessero ostruita. O che l'avesse fatto una valanga, o una gran nevicata. Se poi ci fosse arrivato e avesse superato la soglia, dove poteva andare, con una gamba a pezzi, da solo, a oltre tremila metri? Quale aiuto avrebbe potuto invocare? Se i nemici avevano lasciato quella fortezza le ragioni potevano essere soltanto due: o si erano ritirati da sconfitti oppure, da vincitori, erano scesi alla conquista. La guerra aveva avuto il suo esito, ma lui non l'avrebbe mai conosciuto. Era confinato lassù.

Lassù.

Se lo ricordava ancora quell'ultimo pomeriggio di pace in paese. La mattina erano passati reggimenti di fanteria, verso mezzogiorno dal valico era scesa la barella con il primo ferito, ma non era grave, aveva agitato la mano per salutare qualcuno che conosceva. I soldati erano occupati in esercitazioni, marciavano fin dall'alba, a passo svelto. L'obiettivo di quelle spedizioni non era chiaro. Si diceva andassero di pattuglia a caccia di borghesi che avevano sparato ai militari, ma non esistevano prove di quei presunti agguati. Più probabile fosse un allenamento, perfino superfluo, perché appena lasciati liberi i militari organizzavano gare podistiche mettendo in palio sigari per i vincitori. La cosa che più stupì Andrea fu vederli giocare con infantile impegno a mosca cieca. Lo facevano dietro la chiesa. Lui si sedeva sul muretto e li guardava sorridendo. Avevano scambiato quella situazione per una vacanza. I luoghi li inducevano all'equivoco. Nella strada principale del paese c'era anche un albergo. Era stato aperto per soddisfare le esigenze degli alpinisti. Strana razza, aveva pensato Andrea vedendoli arrivare, per lo più dall'Inghilterra, qualcuno dalla Germania. Di quel che dicevano si capiva poco. Non le parole, ma i numeri sì: quelli dei soldi che offrivano per essere portati sulle cime. A loro non era mai venuto in mente di farlo, se non per necessità. Troppo spesso era il ghiacciaio a venire verso valle, avanzando rapido e facendo precipitare con gran fragore lastroni nel lago. Vestiti e acconciati come per una bizzarra cerimonia, questi signori partiti da lontano si eccitavano alla vista della montagna e rendeva bene lasciare per qualche giorno i campi, le stalle e i boschi per portarli dove desideravano. Andrea pensava l'avrebbe fatto dopo la guerra, se fosse sopravvissuto: allora sì avrebbe conosciuto bene la meta. Maria non voleva neppure sentirgli dire quel "se", era certa che tutto si sarebbe risolto in fretta e poco le importava a favore di chi, purché lui tornasse. Al tramonto erano andati a passeggio, i soldati misti ai civili, lui a fianco di Maria, pur senza sfiorarla. Le raffiche li sorpresero a pochi passi dalla chiesa. Cinque minuti di scariche di mitraglia senza sosta. Scoperchiarono tetti, infransero vetri. Tutti fuggirono a nascondersi. Lui e Maria dietro la canonica, finalmente abbracciati, ma nel momento sbagliato. Quando il fuoco cessò la gente tornò in strada, camminando lungo i muri per rientrare. Fu allora che apparve il Colonnello, un ufficiale in pensione che per l'occasione si era rimesso l'uniforme. Si piazzò a gambe divaricate nel centro della piazza e si mise a urlare, rivolto ai soldati che usavano la divisa per farsi belli, a quelli che speravano di non macchiarla di sangue, a chi aveva scongiurato la chiamata alle armi e a chi non si era arruolato.

Urlò: «Lassù!».

Indicava con il dito il ghiacciaio.

«Lassù! È lassù che dovete andare! Lassù c'è il nemico da combattere.»

Quella sera le truppe partirono.

Andrea non c'era mai stato. E, sospettò, neppure il Colonnello.

Cercò di congedarsi nel modo più rapido possibile, convinto che qualunque distacco fosse tanto meno doloroso quanto più rapido. Con suo padre fu facile: tra di loro il silenzio era sempre stato rotto soltanto da poche parole di circostanza. Si sentì la mano sulla spalla, dove esitò più a lungo del solito: «Fatti onore... e torna». Un accenno di abbraccio non arrivò a racchiuderlo.

Con Maria sarebbe stato più difficile. Quando Andrea uscì da casa il suo cane, un meticcio dal pelo lungo e fulvo, lo seguì a breve distanza. Maria aveva scelto la sua stessa tattica: fare in fretta. Sapeva che avrebbe pianto, ma dopo: non voleva consegnargli un'immagine addolorata. Si strinsero più forte che poterono. Qualunque parola, aspettami, curati, attento, attenta, prega, affidati, sembrò loro sciocca e inutile. Erano tutte inscritte in quell'abbraccio. Si sciolsero e lui andò. Il cane continuò a seguirlo, ma alla fine del paese Andrea si voltò e gli ordinò seccamente di tornare. Poi proseguì. Il cane restò fermo sulle zampe, annusò l'aria, si girò, ma a casa non tornò mai.

Lassù c'erano dieci gradi sotto zero, le orecchie erano insensibili sotto il passamontagna gelato, il naso violaceo gocciolava, le mani erano un attrezzo rigido e poco maneggevole. Già la seconda notte fu mandato in ricognizione con altri quattro compagni. Gli diedero quella mantellina bianca che scambiò per protezione dal freddo, ma capì toccandola che era solo per mimetizzarsi nella neve. Avanzarono aggrappati a una corda fissa.

Il capo della spedizione intimò: «Quando è finita appoggiatevi a destra!».

E dove? Era buio, scendeva un nevischio irritante e gli ordini gridati si scontravano con gli scoppi dei colpi che i cecchini sparavano a caso, sapendo che il caso è alleato del male. Aveva camminato seguendo i passi di chi lo precedeva, sperando che quello sapesse dove mettere i piedi o, almeno, di fare in tempo a fermarsi se l'altro fosse precipitato. Il pendio era ripido e scivoloso, l'oscurità totale, ma gli sembrò un vantaggio: non voleva vedere la profondità che si spalancava al suo fianco. Gli tremavano le gambe. Indossò il coraggio come un'ulteriore mantella. Non poteva finire già quella notte. Doveva essere l'uomo che si aspettava: non quello che desideravano gli altri, ma la realizzazione della sua stessa volontà. Infilò il dover essere sull'essere e se l'abbottonò stretto. Approfittò della tregua dei cecchini per incoraggiare i compagni. Scherzò dicendo che quelle mulattiere, d'estate, quando andava in cerca di legno buono, gli erano sembrate più semplici. Qualcuno rise nervosamente. Tutti furono grati perché permetteva loro di ammettere la paura e così facendo di scavalcarla. Arrivarono alla postazione e tirarono un sospiro di sollievo, prima di notare che li aveva accolti il silenzio.

I due uomini di guardia giacevano riversi sulle rocce che avevano ammucchiato per posarvi i fucili. Uno sembrava addormentato in quella posizione, l'altro era più scomposto, ma nel buio era stato impossibile accorgersi di quel che gli era successo. Entrambi avevano un foro in fronte: i cecchini non avevano sparato a caso. Andrea non aveva mai visto un cadavere dovuto a morte violenta e si stupì della propria impassibilità. Poi si accorse che non li stava davvero guardando, non aveva posato lo sguardo sui loro volti, soltanto sulle divise. Stava sentendo il peso dei corpi, non quello dei destini. Li ricomposero, aspettando l'alba. Due della pattuglia rimasero nella postazione, gli altri scesero trasportando i cadaveri. Era, oltreché una fatica, un rischio e più di una volta si chiesero perché lo stessero facendo, ma non seppero fermarsi. I due corpi vennero poi fasciati e caricati sui gabbiotti della teleferica. Li guardarono scendere dondolando nel vento.

Il parroco del paese annotò sul registro dei decessi: «Questa sera alle ore tre, sotto una pioggia torrenziale e mentre rombava il cannone nemico ho sepolto i due soldati Marciani e Moser, prime vittime della guerra, morti mentre custodivano la rotta della nostra avanzata».

Maria era presente alla funzione. Era accorsa per verificare che uno dei due non fosse Andrea. Mentre si faceva il segno della croce, con pudore ringraziò la provvidenza e la Madonna.

❄

Sulla Madonna e sulla neve c'era un soldato arrivato da Roma che conosceva una leggenda. Poiché credeva fosse originale ed esclusiva, alla prima notte di tempesta, mentre sedevano insonni in cerchio intorno alle braci, la raccontò a chi stava con lui nella baracca. Rievocò il miracolo della neve estiva nella sua città che aveva portato alla costruzione della basilica di Santa Maria Maggiore. Da non credente, anzi mangiapreti alla vaccinara quale era, non ci si aspettava che conoscesse una storia simile e l'apprezzasse al punto da raccontarla con entusiasmo. Si narrava, disse, che una coppia di nobili nel quarto secolo dopo Cristo avesse deciso di dedicare alla beata Vergine una chiesa, pagando per la sua costruzione. Nella notte fra il 4 e il 5 agosto tutti e due, e qui sottolineava la coincidenza, sognarono la Madonna, che indicava il luogo designato. Corsero da papa Liberio, un nome che a lui piaceva particolarmente e si rammaricava non fosse stato in seguito ripreso. E guarda caso, diceva ammiccando, anche il papa aveva fatto lo stesso sogno, preciso preciso, l'astuto pontefice. Andarono insieme dove era stato loro indicato: un colle e, con quaranta gradi all'ombra, lo trovarono coperto di neve per un bel pezzo, bello grande, proprio quella che, disse il papa, doveva essere la superficie della nuova chiesa, pagata con il patrimonio dei due nobili sognatori.

Quando la sua risata si spense un soldato proveniente da una diversa regione, più a nord, vicino al mare, disse che anche dalle sue parti si festeggiava la Madonna della neve, ma che la chiesa a lei dedicata era molto piccola, tanto che si chiamava

Madonna del rettangolo di neve. Pure lì, la superficie era stata limitata da una nevicata in pieno agosto.

«Ne sarà venuta giù meno» disse qualcuno.

«O i nobili avranno avuto meno soldi» obiettò il romano, e giù un'altra risata.

Fu allora che Andrea raccontò la sua leggenda della Madonna della neve, senza immaginare quanto gli sarebbe davvero appartenuta. L'aveva appresa dalla voce di sua madre, prima che si ammalasse, quando era una donna capace di lavorare tutto il giorno, in casa e fuori, e a sera trovare la forza di addormentare il suo bambino con una storia. Non si era mai resa conto che gli provocasse spavento: per lei assomigliava alla vita quotidiana, era perfino plausibile.

Risaliva a un tempo in cui tutta la montagna era verde, un immenso pascolo per l'alpeggio estivo. I contadini salivano per falciare il fieno e metterlo a seccare prima che arrivasse la stagione autunnale. Si interrompevano solamente nella ricorrenza della Madonna della neve, il 5 agosto, come da calendario antico. Quella volta ci fu un gran bel sole, perfetto per seccare il fieno e riporlo. Tutti si avviavano per andare alle celebrazioni tranne una donna, di nome Maria. Lei rimase sul posto a lavorare con gran vigore. La solitudine le mise allegria, si sentiva più astuta, già più ricca e l'indomani, si disse, avrebbe riposato mentre tutti gli altri avrebbero lavorato, sempreché la pioggia non avesse infradiciato il loro raccolto. Sorrideva, scuoteva la testa e cantava. A fine giornata si preparò un comodo giaciglio d'erba, si gettò sopra e si addormentò. Venne un temporale, ma non la svegliò. Tuttavia dissuase chi era stato alla messa dal tornare all'alpeggio fino al giorno successivo. La mattina ripresero il sentiero, ma quando arrivarono non videro né i prati né i fienili, soltanto neve, metri di neve, un'immensa distesa destinata a farsi ghiaccio. Urlarono invano il nome di Maria, scavarono a caso cercando di ricordare dove fosse il suo fienile, sepolto con lei.

«Non l'hanno mai trovata?»

Andrea scuoteva il capo e indicava il ghiacciaio.

«È là sotto. Da sempre. Per sempre.»
Non era il destino di Maria, era il suo.

❄

Là sotto, nel labirinto di ghiaccio, si stava facendo sempre più buio: fuori stava scendendo la sera. Da quando si era spento il generatore Andrea razionava l'uso delle tre candele che aveva trovato e dei pochi fiammiferi che gli restavano. Avrebbe voluto tornare indietro, nella stanza in cui si era risvegliato, ma non riusciva più a leggere le indicazioni né a ricordare il percorso. Alla fine, decise, un posto valeva l'altro. Se avesse superato la notte la fame si sarebbe placata e avrebbe potuto riprendere la ricerca di viveri abbandonati, scarti, briciole. Sapeva bene che sarebbe stato improbabile: sia trovare cibo che sopravvivere alla notte. Sentì che le forze stavano cedendo e si appoggiò alla parete cercando di non scivolare a terra. La temperatura era scesa, ma si manteneva sopportabile. Il creatore di quel mondo era stato benevolo, o soltanto ingegnoso. Aveva avuto pietà dei suoi uomini e li aveva messi al riparo. L'unico per cui non si era avuta misericordia era lui, Andrea, lasciato alle spalle, prigioniero senza bisogno di guardie.

L'altro creatore, quello assoluto, era stato più insidioso: aveva nascosto trappole nella bellezza della sua opera. Andrea se ne era reso conto negli oltre due anni trascorsi fuori, immerso in quello scenario.

Se solo ti fermavi un attimo a guardarla, la montagna ti catturava e vinceva la sua guerra. Il ghiacciaio era la sua arma più potente. Gli uomini dovevano, da qualunque posizione, abbassare gli occhi, schermarsi contro il riflesso, sudditi di quel regno fuori dal tempo. La divinità è luce, nient'altro. L'umanità è materia, è accumulazione o scarto, presenza e deterioramento. La luce sfugge. Quando non c'è più è solo perché è andata altrove. Il ghiacciaio illuminava la terra di giorno e il cielo di notte. Il biancore è soltanto una prima impressione, se lo guardavi a lungo vedevi scintille di giallo, lame di verde e, ovviamente, l'azzurro con i suoi contorni, ma contorni di cosa? Non era possibile distinguere dove finiva, non era un'epoca, databile, non una regione, confinabile. Se aveva misure le negava allo sguardo ravvicinato: ci si poteva soltanto perdere. Vinceva lui.

Nelle ore più buie la distesa di neve veniva illuminata dai riflettori come un grande palcoscenico vuoto in attesa di uno spettacolo che non sarebbe arrivato mai. Gli attori esitavano ai margini o sedevano negli opposti palchi, consapevoli che il teatro stesso era lo spettacolo. La roccia cedeva, era sporcata dalle cannonate, che ne rivelavano le viscere, e ferita dai reticolati. Il ghiaccio restava inattaccabile. Chi riusciva a conquistarne dei pezzi li legava insieme con una leggera rete metallica per proteggersi. Da che cosa? Dal resto del ghiaccio, più che dal nemico. Perché il nemico era troppo intento a difendersi a sua volta dalla montagna e dal ghiaccio.

Quando stavano all'aperto, nelle postazioni protette, gli uomini passavano ore in silenzio. Se parlavano, si sorprendevano a farlo sommessamente, come non volessero svegliare il gigante e pagarne le conseguenze. Andrea sentiva ancora le loro voci.

«Ma tu te l'immaginavi che era così?»

«Io neanche sapevo che c'era.»

«Eh, la montagna, quella sì, ma tutto questo mare di neve e di ghiaccio, tutto finché ci vedi, proprio no.»

«È bello però!»

«Sì, anche se fosse l'ultima cosa che vediamo.»

«Ah no, io preferirei veder mia moglie.»

«Io mia madre.»

Uno, esitando: «Io la mia, ch'è morta, l'ho vista l'altra notte».

«In sogno?»

«No. Ero di guardia, l'ho vista nella nebbia e nella neve.»

«Era una mantella ch'è volata via, mica un fantasma.»

«No, era lei. Mi ha guardato proprio come faceva quando era viva.»

«E cosa t'ha detto?»

«Niente, mi ha guardato e basta.»

«I fantasmi non parlano.»
«Invece sì. Danno i numeri.»
«Quelli sono i morti, nei sogni.»
«Perché, i fantasmi sono vivi?»
«A modo loro, se li vedi da sveglio.»
«Ne ho visti anch'io, due.»
«E chi erano?»
«Non lo so, due sconosciuti.»
«Forse erano due dei nostri.»
«E se hai visto il futuro?»
«Uno mi somigliava, forse ero io.»
Silenzio.

Qualche volta la montagna si divertiva a giocare con loro. Durante una tempesta gli uomini di guardia avevano visto scintillare le punte delle baionette e dei paletti di ferro. Erano come fiammiferi di cui si tentasse a ripetizione l'accensione. Le fiammelle si propagavano saltellando intermittenti in un'atmosfera satura di elettricità. I tuoni si sostituivano alle cannonate, i lampi ai riflettori, i fulmini si scaricavano sulle cime e le truppe dell'una e dell'altra parte si rimpicciolivano cercando riparo in se stesse.

Andrea era rimasto chiuso in un rifugio con quattro uomini e si sentivano, più di ogni altro là fuori, al sicuro. Poi udirono dei piccoli scoppi sotto di loro come petardi sul pavimento. Guardarono incuriositi e capirono con un misto di meraviglia e spavento: a produrre quella sequenza rumorosa erano i chiodi delle scarpe che attiravano energia e avrebbero potuto trasmettere la corrente ai loro corpi, fulminandoli. Se le tolsero come amanti infervorati e le lanciarono contro la parete, non osando aprire la porta e gettarle fuori. Lo stesso fecero per armi, attrezzi e qualsiasi cosa di ferro e metallo. Si abbottonarono per coprire le catenine al collo. Uno di loro si tolse la propria e intendeva sgranarla come un rosario. Andrea si lanciò per strappargliela di mano quando un fulmine colpì la superficie di ghiaccio intorno al rifugio. Fu come se una balena avesse urtato il fondo della barca su cui navigavano. Vennero scaraventati in aria e a terra. E ancora. E ancora. Il ghiaccio era il loro tappeto elastico, ma con tutta la sua opposta durezza. Era così folle che Andrea non seppe reagire che con folli urla, per tutto il tempo: gli sembrò eterno, ma durò poco più di un minuto. Un minuto di scosse e poi ore per levarsele di dosso. Ancora il giorno seguente braccia e gambe scattavano al di fuori del suo controllo.

Avrebbe voluto scrivere una lettera a Maria, ma la penna gli sfuggiva di mano. Voleva dirle che aveva capito. Aveva capito che a vincere sarebbero stati la montagna, il ghiacciaio. E che c'era un lato positivo in questo: non riusciva più a odiare l'altro uomo, il nemico. Che senso aveva? Erano di fronte all'eterno, con le loro brevi vite e le spezzavano invano, come offrendo sacrifici umani a una divinità indifferente.

Scrisse con la mente: "Mia amata, quanto odio sprecato! Quanto amore non dato! Se penso alle liti dei nostri padri per quel pezzetto di terra mi viene da dirgli, con il massimo rispetto, che erano dei pazzi, il mio e il tuo. Pari. Qui ho imparato che si può stare vicini anche agli sconosciuti e scambiarci del bene, che c'erano uomini anche dall'altra parte. Ci capivamo. Ci siamo fatti gli auguri a Natale, scambiate le sigarette con la polenta. Poi ci siamo combattuti, ma noi non abbiamo conquistato niente, loro non hanno difeso niente. La montagna ha vinto l'uomo. Adesso io che parlo poco voglio dirtelo che non era giusto sprecare l'odio, ma anche peggio è sprecare l'amore. È quella una bestemmia e Dio non perdonerà, il Dio che sta quassù non perdonerà noi e chi verrà dopo noi. Perdonami tu. Che io ti amo".

Non avrebbe mai potuto immaginare che la sua stirpe sarebbe sopravvissuta a quello che credeva un ente supremo e ne avrebbe celebrato la fine.

❄

Il corridoio proseguiva ancora per qualche metro. Cercò di trascinarsi per arrivare a una qualsiasi stanza e passarci la notte. Strisciò lungo la parete, ma capì di non avere forze sufficienti e si fermò. Sentì la presenza di un oggetto freddo, metallico. Allungò una mano e trovò la testa di un martello. Che cosa poteva farci? Lo prese e lo scagliò lontano. Prima di atterrare colpì qualcosa che non poté distinguere e produsse un rumore che rimbombò tra i cunicoli di ghiaccio. Subito dopo gli parve di sentire una voce.

Un'allucinazione, pensò. Eppure, valeva la pena verificare.

Emise quel che intendeva essere un grido, ma gli uscì soffocato.

Qualcuno tuttavia rispose, con voce altrettanto fiacca: soltanto un fiato che cercava di farsi suono.

Avanzò a fatica in quella direzione. Emise un altro richiamo, ebbe una più flebile risposta.

Fece una pausa per raccogliere le energie e riprovò, stavolta con una domanda: «C'è qualcuno?».

Silenzio.

Com'era possibile? Le altre volte aveva sempre battuto un rintocco dopo il suo.

Riprovò: «C'è... c'è qualcuno?».

Niente.

Pensò di averlo immaginato. Si lasciò nuovamente andare. Mentre lo faceva, capì. L'altro era un soldato nemico. Quando aveva emesso un suono aveva risposto, quando gli aveva parlato nella propria lingua, con l'accento che gli apparteneva, aveva taciuto. Aveva paura di lui. Erano soli, in quella prigione a decine di metri sotto una lastra ghiacciata: dovevano continuare la guerra? Non era più sensato, ma soprattutto non era possibile. Anche l'altro doveva essere allo stremo: non avevano speranza di salvezza, non da soli.

Andrea riprovò: «Mi capisci?».

Ancora silenzio. Rinunciò.

All'improvviso: «Sì».

Bastò quella sillaba per capire che l'altro uomo parlava la sua stessa lingua. Una leggera inflessione, una "s" più dolce. Uno dell'altro versante, uno come lui. Uno sprazzo di entusiasmo lo spinse a chiedere ancora: «Parli la mia lingua?».

Di nuovo: «Sì... è... anche la mia».

Stava soffrendo, doveva essere ferito, forse l'avevano abbandonato perché troppo grave o addirittura lo avevano creduto morto.

«Dove sei?»

Niente.

«Mi senti? Dove sei?»

«Qui.»

«Continua...»

«Qui... ma... qui...»

«Ma cosa?»

«Qui... non... qui...»

Andrea si avvicinò alla fonte del suono e capì le ragioni del "ma" e del "non": c'era uno sbarramento, una parte del soffitto di travi era crollata sotto il peso del ghiacciaio. Sarebbe stato difficile scavalcare quell'ostacolo per un uomo in buone condizioni, nelle sue era impossibile. Si fermò, come davanti a una porta socchiusa ma troppo pesante per essere spinta. Si appoggiò al cumulo che gli impediva di proseguire. Al di là c'era un altro uomo, uno che avrebbe potuto e dovuto uccidere e con cui ora avrebbe diviso l'ultimo tentativo prima della fine. Quello sconosciuto gli sembrò l'ultima occasione sulla Terra, anche se non sapeva per che cosa.

«Chi sei?»

O era agonizzante o ci pensò a lungo per trovare la definizione più sintetica eppure più completa. Infine disse: «Un prete».

Il cappellano militare. Anche lui ferito in guerra, forse da un proiettile o forse proprio dalla caduta di quei sostegni. Divisi da quella parete di detriti, legni e ghiaccio, lui e Andrea riproponevano una situazione da confessionale.

«Padre, mi può confessare?»

La risposta fu un mormorio indistinguibile: stava pronunciando la formula di apertura? Immaginò si stesse facendo il segno della croce e lo imitò. Per un attimo sospettò che tutto fosse nella sua fantasia: l'altro uomo, "un prete", quell'inizio di confessione. Ma se anche così fosse stato, anche se avesse sentito soltanto la voce della propria disperazione, sempre meglio del silenzio. Avrebbe potuto raccontare il più orribile dei peccati, desiderando non avere l'assoluzione. Per farlo doveva cominciare da lontano, dall'esordio di un'amicizia.

❄

L'assassino parlava poco. E pochi conoscevano il suo nome. Lo chiamavano, tra di loro: l'assassino. Colpa del capitano Motta che a suo tempo l'aveva presentato così: «Ci mandano un assassino». Poi aveva aggiunto, per scrupolo, dato che erano lì per ammazzare altri uomini: «Uno vero». Una legge emanata all'inizio della guerra offriva la possibilità di ottenere l'amnistia, se non la redenzione: la divisa da soldato in cambio di quella da carcerato, i precedenti penali cancellati da un atto di eroismo. Entra nell'arena, se sopravvivi ai leoni sei libero. L'assassino che aveva accettato la proposta dimostrava quarant'anni, era magro e l'uniforme gli andava larga perché gli avevano dato la taglia più difficile da piazzare, quella per giganti. Tanto, dovevano aver pensato, non l'avrebbe indossata a lungo. Invece avrebbe dovuto scontare ancora due anni prima di liberarsi della sua pena.

Era di turno con Andrea all'arrivo della teleferica. Era tardi e una bufera di neve frustava ogni cosa togliendo visibilità, non si aspettavano più alcun invio dal basso. Le teste chinate per ripararsi dalla neve erano vicine. Andrea allungò la mano e si presentò. L'altro la prese e rispose: «Giulio Feroci». Un nome da assassino, ma un tono pacato e nessun accento. Andrea pensò potesse essere istruito. Lo guardò incuriosito. L'altro equivocò, poiché di lui tutti si domandavano una sola cosa e in quella tempesta gli sembrò che dirla potesse dileguarla: «Niente. Ho ucciso mio padre».

Andrea si irrigidì. Se avesse potuto si sarebbe allontanato. Si stupì che il capitano, dato che amava dare informazioni negative, non lo avesse rivelato prima. Doveva esserci un motivo.

«Perché? Che ti aveva fatto?»

«Niente. Vivevamo insieme, mia madre è morta quando ero ragazzo, a lui ci pensavo io perché non aveva altri figli ed era già anziano e malato. Poi non si è più alzato dal letto. Soffriva molto, troppo. E allora, anche stavolta, ci ho pensato io. Ma lo hanno capito, ho lasciato troppe tracce. Non sono un buon... assassino.»

Andrea si rilassò: «Ma sei stato un buon figlio... ci voleva pietà... e coraggio».

«Non è così che la pensano i tribunali, neppure quello di Dio... e io ci credo, in Dio... tu?»

Andrea esitò. La fune batté i tre colpi convenuti per far partire il motore della teleferica. Guardarono increduli verso il basso.

«Ma è uno scherzo?»

«Che cosa vogliono mandare su, a quest'ora e con questo tempo?»

Un altro strattone chiarì che non si trattava di "cosa", ma di "chi": passeggeri a bordo.

Era tardi e la bufera di neve frustava ogni cosa, toglieva visibilità, rendeva rischioso spostarsi a piedi, figurarsi con quella gabbietta lunga un metro e mezzo, larga meno di uno e con un bordo di una ventina di centimetri, a cui toccava aggrapparsi con le mani gelate. Durante il bel tempo del mattino salivano anche in due, uno rivolto a valle, l'altro a monte, ma in quella sera con la tormenta, chi poteva osare? Se fossero stati due il secondo doveva accovacciarsi tra le gambe del primo, che almeno l'avrebbe in parte riparato. Uno da solo sarebbe stato esposto alle intemperie, senza contare il vento che stava aumentando e avrebbe sballottato quell'aggeggio, che già più di una volta aveva rischiato di staccarsi, o era andato a sbattere contro l'altro che scendeva dalla parte opposta. Si era perso qualche carico, ma adesso si sarebbe potuto perdere un uomo.

Eppure quell'uomo montò, dando la schiena alla cima. Il sergente che lo aveva accompagnato lo salutò senza guardarlo, certo che non l'avrebbe più rivisto e che quelli al capolinea della teleferica non l'avrebbero mai conosciuto. L'uomo era grosso, occupava lo spazio per intero e ci si era accomodato come se dovesse restarci più che per un breve tragitto. Alla partenza cacciò un urlo che ai due sulla cima suonò di gioia: l'allegria dei pazzi, si dissero.

Artigliò il parapetto con le dita che sporgevano dai guanti tagliati. Erano tenaglie, attrezzi rodati e precisi, anche se la mansione era inedita. La neve lo schiaffeggiava sul volto e s'impigliava nella barba. Il carrello si era avviato abbastanza bene, ma a un terzo del percorso, aumentata la sospensione, cominciò a sbandare. Era un ballo che non riusciva a guidare. Si strinse più forte ai bordi per non essere ribaltato in caso di urto col carrello in discesa. Alzò gli occhi al cielo, non per pregare, ma per sfidare. E la provocazione venne raccolta. Vide la corda che trascinava la discesa impigliata nella carrucola della salita, la sua. L'attrito produceva un suono spiacevole, mai quanto la prospettiva di essere sbalzato fuori a quell'altezza. Con una mano strinse più forte il carrello, con l'altra spinse la corda opposta più lontano che poté, cercando di non perdere l'equilibrio. Fu una scelta istintiva. Il rumore alle sue spalle lo avvertì che probabilmente aveva sbagliato: si girò e vide il carrello discendente sfrecciare verso di lui, proprio in direzione della sua schiena.

In cima non vedevano oltre tre metri, non avevano idea di dove fosse il passeggero, ma capirono che le funi portanti si stavano sovrapponendo a causa del vento. Giulio prese per un braccio Andrea, si buttarono su quella della discesa, l'afferrarono e tirarono con tutta la loro forza verso l'esterno.

Il passeggero, che si era chinato per assorbire l'impatto, vide sbandare l'altro carrello, sentì il soffio accanto alle sue orecchie come quello della morte deviata e, senza rialzarsi, lo guardò allontanarsi. Avrebbe potuto mormorare un ringraziamento, ma gli uscì un'imprecazione, quasi ammirata. Le raffiche di vento e l'intensità della tormenta aumentarono ancora. Non riusciva a valutare l'altezza a cui si trovava, tutto era bianco e grigio, ma pensò che fossero almeno trecento metri: in caso di caduta, nessuna possibilità di scampo. E se il motore avesse ceduto? Si sarebbe congelato lì, come una grossa pigna attaccata all'albero e, da morto, sarebbe comunque precipitato di sotto. Si girò ancora una volta indietro: le rocce erano ormai a ridosso. Il salto del carrello lo colse di sorpresa e lo fece sobbalzare: finì lungo sdraiato, un piede fuori, avvinghiato come al cordone ombelicale. Soltanto allora fece due cose che non aveva mai fatto prima. Si rivolse a un'entità imprecisata e recitò una supplica: «Fammi arrivare su vivo». E, quale che fosse la risposta alla sua invocazione, si domandò legittimamente: «Ma come mi è saltato in testa di venire qui?».

Poi la corsa rallentò, sulla fune ci fu una serie di piccoli strappi che annunciavano l'arrivo. Ritirò il piede penzolante, si raddrizzò, sputò saliva e ghiaccio, si passò una mano sulla faccia e, come tutti gli scampati, si scrollò il pericolo, la paura e la conseguente umiltà. Arrivò alla stazione, dove Andrea e Giulio l'aiutarono a scendere guardandolo perplessi. Si sollevò mostrando tutta la sua stazza, fece un saluto che voleva essere militare e tuonò: «Volontario Malospirito, agli ordini!».

❄

Alla fine del secolo sarebbero partiti per esportare la democrazia. Nella seconda metà per esportare la rivoluzione. All'inizio, per esportare la guerra. Questi facevano meno strada, ma erano più sinceri. E lo facevano anche, in qualche caso soprattutto, per se stessi. Malospirito, a cui chiunque si rivolgeva o riferiva usando sempre e soltanto il cognome, era uno di loro. Aveva quasi quarant'anni, un'età che al tempo si considerava avanzata, ma non era stanco né d'amore né di guerra. Se non aveva potuto fare la patria, si era battuto per estenderla o per difenderla. Le aveva dato già quattro figli. Tre dalla prima moglie, morta di polmonite mentre lui combatteva in Libia. Uno dalla seconda, che aveva sposato quattro anni prima di lasciarla per arruolarsi di nuovo.

I coscritti non li capivano, questi che potevano starsene a

casa e venivano a rischiare la vita. Pazienza i disgraziati, quelli senza un lavoro che trovavano il modo di mantenersi e mandare qualche soldo alle famiglie. Pazienza gli scapoli giovani, meglio ancora se orfani, quelli che non avevano nessuno a casa che stesse in pensiero. Ma gli altri? Uno così, per esempio, con un lavoro da impiegato al comune del Nord dove era emigrato per stare con la famiglia della moglie, perché lasciarla sola con tutti quei bambini, tre dei quali neppure suoi? Che cosa aveva in testa uno come Malospirito? Di sicuro una gran matassa di capelli scuri che anche il taglio militare faticava a mettere in riga. Poi se la giocavano il desiderio di avventura e il bisogno di una causa. Senza l'una o l'altra, la vita gli pareva insensata e si sentiva in colpa per il fatto di viverla.

Lo stesso sentimento, ma in misura minore, lo prese mentre viaggiava, solo, verso le montagne dove avrebbe combattuto. Lo sfiorò il rimorso d'aver lasciato Viviana, sua moglie, la prima figlia che le era quasi coetanea e i tre maschi, l'ultimo di appena due anni. Eppure gli bastò ricevere la divisa per sentirsi nuovamente a posto con la coscienza: era dove doveva stare. La sua famiglia fu comprensiva, lo capì più di quanto fecero i suoi superiori e commilitoni una volta giunto a destinazione. Quando Malospirito arrivò in quella caserma di paese per le esercitazioni prima di essere spedito in quota i volontari erano pochi: con lui, sette. Lui era il solo ad aver già combattuto. Un ufficiale li prese di mira subito, appesantì i loro carichi di lavoro e li offese quando non ce la facevano. Malospirito al primo insulto diretto reagì, focoso com'era, in nome e per conto di tutti gli altri. Lo trattennero a stento, ma la questione fu regolata. Due mesi dopo che aveva fatto domanda al ministero e un mese dopo l'arrivo in quella caserma, fu mandato al fronte.

Marciò in fila per tredici ore, senza cibo né caffè. Lo saziava il paesaggio, che continuava a cambiare e a meravigliarlo.

Nato sulle rive dell'Adriatico, aveva visto la capitale eterna, il deserto, la laguna, ma le montagne mai. Lo stupirono i colori dell'erba, il suono dei torrenti, la corsa delle nuvole. Quando alzava gli occhi li riabbassava subito, intimidito. Si fece l'idea che la gente da quelle parti fosse più facilmente credente per via del panorama. Dopo una notte di riposo ripartirono per salire sulla montagna e lì capì di che cosa era veramente fatta: le fantasie furono disperse e rimasero sassi, cespugli, rovi e rocce appuntite che respingevano l'appoggio e inducevano al passo falso e alla conseguente fine. Con loro avanzava anche il freddo e si certificava il rombo del cannone, scambiato all'inizio per il tuono. Era arrivato alla guerra: respirò forte, scaricò lo zaino che pesava più di trenta chili e, in un impeto di franchezza, si maledisse. Troppo tardi. Dieci giorni dopo veniva spedito in trincea, sulla teleferica, per dare il cambio a un ferito appena sceso. Lo preoccupava più il clima del nemico, più quel carrellino su cui viaggiava delle fucilate. Eppure si era issato a bordo e aveva gridato: «Avanti!». Come se avesse avuto ancora scelta.

❄

Il giorno in cui i due ragazzi del Sud arrivarono in quota avevano gli occhi sbarrati.

«Questi non hanno mai visto le montagne, neanche in fotografia» disse Malospirito ad Andrea.

Neppure lui però si era ancora abituato: «Anche se metti al muro cento fotografie non saranno mai come questa roba qui e non faranno altrettanto freddo».

«Bisogna che ne adottiamo uno.»

Li osservarono. Il più grosso sembrava affaticato, sbuffava e camminava come se avesse degli aghi conficcati nei piedi.

L'altro glieli guardò e sibilò per non farsi sentire dal resto della truppa: «Fesso, hai due scarpe uguali!».

«Che dovevano essere? Una grande e una piccola?»

«O santo! Non vedi che hai due destre?»

Le guardò perplesso e accusò chi gliele aveva fornite: «Me le han date così, 'sti maledetti!».

Sempre sussurrando, quello più piccolo gli suggerì: «Vedi se quelle di ricambio...».

Aprì lo zaino, le estrasse e scosse la testa: «Niente. Uguali anche queste».

Erano due sinistre.

Andrea e Malospirito, che avevano seguito lo scambio, scoppiarono a ridere, poi si dissero: «Adottiamo quello sveglio, il cucciolo».

Si chiamava Canio ed era stato contento di partire soldato perché l'avrebbero operato di appendicite prima di mandarlo al fronte, dove era arrivato appena dimesso. Nel suo paese un ospedale non c'era. Il più vicino era nel capoluogo e ci sarebbero voluti tempo, soldi e conoscenze. Così, invece, non aveva pagato niente, la divisa militare aveva garantito per tutto e l'avevano accudito come fosse un parente. Di parenti Canio ne aveva tanti: madre, padre, tre sorelle e tre fratelli. Era il più grande dei maschi, il successivo aveva dieci anni: la guerra toccava a lui, abile di seconda categoria. L'aveva accettata senza protestare perché gli avrebbe tolto quel dolore nella pancia e perché era un dovere. Canio ci credeva, nel dovere e nei morti. Li aveva arruolati, assegnando a ciascuno un compito specifico. Era un modo per non lasciarli andare, per rievocarli sentendoli ancora vicini. Quando svolgevano con successo la loro missione aveva la prova della loro presenza. Se perdeva qualcosa e non riusciva a ritrovarlo, rivolgeva una supplica allo zio Antonio, patrono degli oggetti smarriti, che da vecchio e smemorato era stato in grado di trovare la strada di casa. Se non riusciva a dormire pregava la nonna Maddalena, patrona del sonno, che fu capace di non svegliarsi durante un terremoto. Se gli facevano male i piedi, ecco il nonno Ilario, che era stato calzolaio, specializzato in allargamento delle scarpe. Aveva studiato ruoli per tutti i suoi defunti, trasformati in una congrega di vice-santi. Aveva attribuito al prozio Goffredo, un brigante che puniva i ricchi e dava ai poveri, il compito di pensare alle sue economie. Per sopravvivere alla guerra si era affidato all'altro nonno, Girolamo, che aveva saputo conquistare la fiducia di un lupo, ammansendolo. Così raccontava, ma se l'era inventato e forse per questo si rivelò inefficace. C'era anche un patrono vivo, che si occupava della sua salute: il cugino Michele, scampato a morte precoce. In realtà, era trapassato poco dopo la sua partenza, ma la cosa gli era rimasta ignota. Come era per lui la montagna. Dove Canio viveva la strada saliva, certo, ma dalla cima ancora si vedeva il mare. E di neve, durante la sua breve vita, mai ne aveva vista cadere. Nella prima lettera alla madre aveva scritto che tutto «era bianco e vasto come il paradiso», ma nell'ultima: «Questo è un paese stramaledetto, che non lo auguro neanche a un cane. Tutto alto, tutto spigoli e punte, tutto che sta per cascare. Tutto rotto, tutto marcio! Che orribili monti! È l'inferno, questo. E si muore per difenderlo o per conquistarlo».

Aveva accluso un biglietto: «Vorrei pregare l'onorevole e rispettabile censura, anche e soprattutto in nome e per conto di mio prozio Giorgio, patrono della libertà, perché sempre fece quel che gli pareva, che possa inviare queste mie poche parole alla mia cara famiglia che di me sa da mesi molto poco, che son sempre quassù tra queste montagne».

Così la guerra aveva cambiato Canio, come fa con ogni uomo, ma non gli aveva tolto la fedeltà al suo amico carabiniere Matteo, patrono del dovere verso lo Stato, caduto in una sparatoria poco fuori il paese. Né la scrittura forbita, da aspirante maestro.

Quel primo giorno lo accompagnarono alla baracca, già troppo affollata.

«Quanti siamo?» chiese.

«Una quarantina» rispose Malospirito.

Non gli disse che era stata pensata per quindici: più erano e più si scaldavano. Lui tuttavia batteva i denti e tremava, sconvolto da un clima che non conosceva.

Andrea cercò di distrarlo: «Com'è il mare, che io non l'ho mai visto?».

«È come tutta questa neve, solo blu invece del bianco e tutto pari.»

«Ecco, tu pensa di essere in mare, allora.»

Canio ci riuscì talmente bene che si addormentò cullato dalle onde, la schiena contro quella di Andrea.

Malospirito sussurrò: «Se torna a casa questo, ci torniamo tutti».

I suoi vice-santi patroni fecero del loro meglio. Una volta uscì troppo allo scoperto e il cecchino lo mirò sparandogli in direzione della testa. Canio stava trasportando un sacco di terra, ma scivolò, per riacquistare l'equilibrio si girò e il proiettile trapassò la iuta, andò a conficcarsi nella terra e lì si fermò. Una sera fu messo di guardia durante una bufera. Si aggrappò al palo di ferro piantato nella roccia per non volare via. Alla fine del suo turno ridiscese. Vedendolo tornare lo guardarono come un fantasma stanco.

«E gli altri?» gli fu chiesto.

Solo allora si accorse di essere tornato solo.

Fu rispedito indietro a cercare i compagni. Li trovò, tutti e due, con un principio di assideramento. Portò giù il primo caricandoselo in spalla. A metà strada incrociò Andrea e Malospirito che gli venivano incontro. Il primo si caricò il peso, il secondo salì a recuperare l'altro. Nella baracca si diffuse la voce che Canio fosse un miracolato. Fu una leggenda breve, perché la guerra è un lupo che non si lascia ammansire: se concede una carezza è per poi azzannarti alla sprovvista.

❄

Eppure riuscirono perfino a mettersi in posa. Anni dopo sarebbero stati pubblicati libri fotografici su quella guerra. Incredibile, ma qualcuno aveva pensato di fare degli scatti in mezzo a quel che stava succedendo, nei lunghi momenti di pausa, per documentare, soprattutto, fin dove li avevano spinti le circostanze. Erano fotografie amatoriali, spesso incomplete, perché la pellicola ai bordi si era usurata tra lo scatto e lo sviluppo, o forse era già difettata in partenza. I soldati si mostravano con le espressioni suggerite dal loro carattere e determinate dal tempo che avevano trascorso "lassù". All'apertura del museo della guerra, proprio in cima al passo, incorniciarono decine di quelle immagini nel corridoio che conduceva alla sala in cui erano esposti i cimeli. Alle famiglie dei reduci fu concesso l'ingresso gratuito, fino a dieci componenti. I Malospirito proprio in dieci partirono dalla Romagna, accalcati in un furgone. Era ancora viva una figlia, Giulia, che l'aveva visto partire. Era di secondo letto e la madre l'aveva salvata dalla bizzarria dei nomi toccati a sorelle e fratello nati dal primo matrimonio: Vittoria, Certa, Avremo. Dato che in Libia avevano portato bene, il padre avrebbe voluto continuare, ma la madre aveva imposto un patto: se è maschio scegli tu, se femmina io. Aveva pregato per mesi, scongiurando un bambino di nome Trionfo, oltretutto mai avverato. Giulia aveva ereditato però lo slancio missionario: era stata crocerossina durante la Seconda guerra mondiale. Dopo, si era dedicata alla numerosa famiglia.

Nipoti e pronipoti viaggiarono allegri, come andassero a una caccia al tesoro: si trattava di trovare, in quella galleria, la figura dell'antenato combattente, perché non fosse nuovamente disperso. Si erano portati l'unica immagine rimasta: quella del matrimonio, il secondo. La teneva in mano Giulia, la sola ad averlo conosciuto, e fu proprio lei a scorgerlo a metà del corridoio.

Il fotografo aveva ripreso una baracca ricovero della guarnigione sulla forcella. Era un rifugio ben strutturato, con una tettoia di legno sotto la quale si trovavano i soldati immortalati, come fossero sotto il portico di una città del Nord. Il viso di quello più a sinistra era indistinguibile perché stava fumando e una nuvola lo copriva. Era a cavalcioni della staccionata e sembrava, fra tutti, il più rilassato. Una giacca chiara copriva la divisa e non lasciava intuire il grado, ma è probabile fosse un ufficiale, il più alto fra i presenti. Era il capitano Motta, il loro comandante. L'uomo accanto a lui teneva la mano destra posata su una piccozza rivoltata: Andrea Darman. Quello successivo si sporgeva dal porticato per farsi vedere e aveva sul capo un fazzoletto bianco con quattro nodi, come quello creato dai lavoratori sprovvisti di un cappello sotto il sole estivo: era Canio. Poi c'era un uomo sull'attenti, con un paio di occhialoni posati sulla visiera del berretto, l'espressione assente: Giulio

Feroci, l'assassino. Altri due si scrollavano la neve dalle uniformi: probabilmente erano appena rientrati da una missione e non sentivano l'urgenza di mettersi in posa. Il fotografo li preferiva così: spontanei. L'ultimo in fondo era Malospirito, Domenico come sapevano solamente i suoi familiari. Se ne stava appoggiato al palo di legno come fosse un lampione nella piazza più suggestiva del mondo. Sorrideva in maniera ostentata, quasi immaginasse chi l'avrebbe visto ritratto. Forse era davvero spensierato, perché si trovava dove aveva pensato di dover essere. È lì che un uomo smette di preoccuparsi. E pazienza se è proprio lì che verrà travolto.

Giulia emise un singulto, gli altri le si radunarono intorno, prendendole dalle dita la tremante foto nuziale. Fecero festa, si commossero, furono orgogliosi. Un Malospirito al museo. Gli concessero qualche altro istante di vita, un tempo supplementare giocato da fermo. La figlia gli accarezzò i baffi sul vetro. Convennero che era bello e che sembrava forte. Avrebbero potuto tornare indietro, di nuovo a casa. Invece proseguirono, fino all'ultima fotografia. Era dominata per due terzi dal bianco. Non c'erano volti, non c'era umanità, soltanto corpi schiacciati a terra da una valanga. Teste coperte da sacchi per non mostrare come fossero stati sfigurati i lineamenti, arti disposti in modo innaturale. Fu Uliano, il pronipote di appena cinque anni, a puntare il dito e dire: «Nonno!».

«No» gli disse la madre, «il bisnonno era nell'altra fotografia, quella di prima...»

Il bambino non distolse né lo sguardo né il dito e ripeté: «Nonno!».

Seguirono allora la traiettoria di entrambi, sguardo e dito, e individuarono l'uomo, in parte coperto dalla neve. I pantaloni dell'uniforme erano gli stessi. C'era uno strappo che partiva dalla tasca. Qualcuno tornò indietro per fare un confronto con l'altra immagine: c'era uno strappo che partiva dalla tasca. Non poteva bastare. Nella foto dei sommersi dalla valanga, di quell'uomo spuntava anche una mano. Si intravedeva qualcosa al dito. Chiesero al custode se avesse una lente d'ingrandimento e ricevettero un bicchiere, perché posassero il fondo sull'immagine. La mano era la destra, l'anello era quello che lui chiamava della rivoluzione perché così glielo aveva raccontato l'uomo che glielo aveva venduto a un banchetto del mercatino, infilandolo a una storia di battaglie lontane i cui eroi si erano poi spinti altrove, dovunque ci fosse da combattere per la libertà: il segno distintivo di un manipolo senza terra ma con ogni patria. Riconobbero la forma, il sigillo e la figlia credette di riconoscere, anche, la mano che l'aveva accarezzata. Piansero tutti, tranne il nipote che l'aveva indicato: lui, felice, aspettava una ricompensa. Forse era davvero Malospirito, forse no. Di certo lui era morto sotto quella valanga e tutti quelli che la neve aveva sepolto erano stati resi uguali: uno valeva l'altro. È sopravvivere che ci rende diversi, difficilmente migliori. L'unico ad avercela fatta in quella circostanza fu ritrovato mentre ballava davanti ai cadaveri. Dissero che era impazzito. O che stava cercando di non diventare pazzo.

❄

Il giorno della valanga Andrea era di guardia, insieme con Canio, nella baracca usata come avamposto. Aveva cercato di tirargli su il morale, vedendolo silenzioso e cupo. Era quasi primavera, il peggio sembrava passato, ma c'era ancora la coda dell'inverno. La temperatura era scesa qualche giorno prima e, ora che stava risalendo, ecco una gran nevicata. Canio biascicava tra i denti e si dava delle gran manate. Andrea lo guardava senza capire.

«Con chi ce l'hai?»

«Con me.»

«E perché? Che hai fatto?»

«Ho promesso di non bestemmiare e invece non ci riesco.»

«Non ho sentito nessuna bestemmia.»

«Ho maledetto il mio destino.»

«È la stessa cosa?»

«Per lei sì.»

«Lei chi?»

In risposta Canio infilò una mano nel pastrano, estrasse un foglio ripiegato e glielo passò. Andrea si accorse che le dita gli tremavano: non poteva essere soltanto il freddo, il suo sistema nervoso stava cedendo.

Aprì il foglio: era una lettera, la scrittura era femminile.

Per rispetto domandò: «Posso? Sicuro?».

Canio annuì.

«Mio caro, come la vita ci ha diviso! Io soffro del caldo e tu del freddo. Ma in condizioni più brutte stai tu e dimmene perché io possa aiutarti con il pensiero e la preghiera. Non bestemmiare, non maledire mai la tua sorte, che Iddio è buono e ti proteggerà, ti manterrà vivo e ti potrai chiamare contento. Farò dire un'altra messa per te a Sant'Antonio e ti dirò quando che sarà, così potrai pensarla e sarà come se fossi lì. Iddio ti aiuterà, ti riporterà da me e saremo felici. Sopporta volentieri, che tutto diventa meglio: la guerra, il freddo, tutto. Io non riesco a immaginare quello che tu vedi lì, ma so che tu hai la forza per resistere e il resto te la darà Iddio. Il mio cuore è con te. Tua Lucia.»

Andrea ripiegò la lettera e gliela restituì.

«Dài, vedi: dice che andrà tutto bene...»

«Dice che non può immaginare...»

«No. E chi potrebbe?»

«Andrea...»

«Sì?»

«Perché non vengono a darci il cambio?»

«Nevica forte, faranno fatica a salire, ci vorrà più tempo.»

«Dici? Guardo fuori...»

Canio andò alla porta e la spinse, ma non si muoveva, bloccata dalla neve.

Gli uscì una delle imprecazioni che gli era stato chiesto di non proferire.

Andrea gli diede uno scappellotto sulla nuca e si avvicinò. Spinse anche lui, ma invano. Erano davvero prigionieri nella loro baracca.

«Quando arriveranno toglieranno la neve da fuori» disse, ma senza esserne convinto. Canio si girò di scatto, perché aveva udito un tonfo, ma non capiva da dove fosse arrivato il suono.

«L'hai sentito anche tu?»

Andrea annuì, senza aggiungere altro: aveva già compreso, una valanga.

«Dobbiamo uscire dalla finestra, salire sul tettuccio e scendere dall'altra parte.»

«Ma ci spareranno.»

«Non credo. Con questa neve non ci vedranno.»

Quel che pensava veramente era che la valanga potesse aver travolto sia il nemico, sopra, che il loro accampamento, sotto. Il ritardo nel cambio della guardia li aveva salvati, ma ora dovevano andarsene da lì, se volevano restare vivi. Fecero come aveva proposto Andrea e quando furono all'esterno videro l'uscio murato dalla neve.

«Via, dài» disse, «andiamo giù.»

Lo fecero come poterono, avvolti dalla nebbia e dal timore crescente, non più per sé ma per quello che avrebbero trovato. Avevano visto gli effetti di una battaglia contro altri uomini, mai quelli di una contro la furia della neve. Anche Andrea, che pure viveva nella valle, l'aveva sempre soltanto percepita come un'eco, un rombo lontano, poi silenzio. Al luogo da cui proveniva aveva dedicato non più che uno sguardo: tutto era rimasto distante, "lassù". Questa volta invece stava andando a cercarlo e già lo vedeva in lontananza. Che cosa? Niente. Dove però avrebbe dovuto esserci qualcosa: un baraccamento, uomini, voci, fumo. Invece: niente. O meglio: neve. Dossi di neve. Andrea si fermò, Canio era rimasto indietro, già paralizzato. Prima ancora di cominciare a scavare bisognava dare l'allarme, chiamare i soccorsi, ma come? Anche le apparecchiature per la comunicazione erano sommerse. Andò alla teleferica, incise con il coltello un SOS sul legno del gabbiotto, strattonò perché lo richiamassero, lo guardò partire e tornò indietro. Canio stava già scavando, come un cane impazzito, senza né senso né progetto. Poteva fare soltanto danni: a se stesso e a chi, sepolto, fosse stato ancora vivo. Andrea gli si gettò addosso e lo abbracciò per fermarlo. Si accorse che piangeva, di rabbia e di paura. Perché sarebbe potuto toccare a lui e perché non era toccato a lui. Lo strinse forte, aspettò che il singulto si calmasse, che il respiro si adeguasse al suo. Era l'unico fratello che gli sarebbe rimasto. Avrebbe chiamato un'infinità di volte Malospirito, sapendo che non avrebbe mai risposto. L'avrebbe invocato sempre, da lì fino alla sua prigione nel ghiaccio. Soltanto alla fine lo fece con qualche speranza di ritrovarlo, ma non sulla terra.

Continuarono a urlare smuovendo la neve e pregando di cogliere un movimento sotto la superficie. Niente.

I soccorsi arrivarono dopo due ore. A loro fu suggerito di scendere, ma rifiutarono. Accettarono soltanto una coperta per riscaldarsi dopo tutto il freddo che avevano incamerato e prima che li prendesse la febbre.

Il capitano Motta era salito con i soccorritori. Gli venne portato un messaggio che lesse scuotendo la testa. Anche la postazione nemica era stata colpita da un altro fronte della stessa valanga. Veniva proposta una tregua per potersi dedicare alla missione di recupero. Erano così vicini che la risposta poteva essere data a voce, semplicemente usando le mani come megafono e strillando da un costone all'altro. Quando l'urlo del capitano ricevette risposta, per Canio fu come una frustata che lo fece raddrizzare dalla neve in cui vagava chino, cercando l'improbabile. Aveva sempre saputo che una parte dei nemici parlava la sua stessa lingua e viveva sull'altro versante della montagna, ma un conto era saperlo, un altro ascoltarlo. Quella voce che prendeva accordi veniva da un'altra stanza della casa. Si fermò e si lasciò cadere. Stavolta Andrea non cercò di consolarlo: che cosa poteva inventarsi per non ammettere la realtà? Era una guerra tra due eserciti contro un ghiacciaio, e la stavano perdendo. La disperazione di quel ragazzo nato al Sud era la bandiera della resa a ogni logica.

Furono due giorni e due notti di ricerche avvilenti, che restituirono soltanto cadaveri: ventiquattro uomini e sei muli.

«E voi, dall'altra parte?»
«Trentuno.»
Uomini, si presumeva.
Al terzo giorno, proprio mentre il fotografo stava scattando davanti a quei corpi allineati, si sentì un grido. Sopra, un ragazzo era sbucato vivo e nudo dalla neve, come un angelo smarrito. Era stato sorpreso nella latrina e si era ritrovato in una sacca che lo aveva protetto. Aveva scavato un cunicolo per metri e ore, finché era sbucato all'aria aperta. Senza cercare riparo né vestiti si era messo a correre, saltare, urlare. Danzava sul precipizio, ebbro di entusiasmo. Sotto, gli uomini impegnati a contare i loro morti lo guardarono increduli. Uno prese il fucile e lo puntò: «Capitano, posso?».
«Purtroppo adesso no.»
Canio disse a bassa voce: «No, eh? Tanto vale allora che spariamo a noi stessi».
Andrea gli fece segno di tacere.
Avrebbe obbedito soltanto in parte.

❄

A quel punto del racconto la voce di Andrea si spezzò. Non fu soltanto effetto della sofferenza e della fatica di parlare a quell'ascoltatore invisibile: stava per cominciare la vera e propria confessione. Da lì in poi non era affatto sicuro che il compimento del dovere fosse sufficiente a escludere la colpa, il peccato. È una giustificazione troppo semplice, di cui troppi hanno abusato nel corso della storia. Non lui. L'orrore che sarebbe seguito non gli consentiva di autoassolversi.

La valanga aveva prodotto molti cadaveri e la sepoltura nella neve era inutile, venne deciso di usarli. Il capitano Motta scelse proprio questa parola: «Usiamoli». E per che cosa? si chiese Andrea. Per alzare la trincea. Come fossero sacchi di sabbia, o di cemento. Invece erano uomini, lo erano stati. Fino a poche ore prima avevano chiacchierato con loro del tempo che nessuno riusciva a prevedere, mai; giocato a carte senza barare, non lì, un sigaro al vincitore; maledetto il caffè che si ghiacciava nelle borracce e toccava scaldare con il fuoco o con gli stracci. Adesso erano soltanto strati. L'ultimo gesto d'amicizia poteva essere salvare una vita da un proiettile ad altezza d'uomo. Si sdraiavano, per farlo, gli uni sugli altri. Uno in un senso, l'altro in quello opposto, come fratelli che dormano nello stesso letto. Non avevano più niente da raccontarsi, già dormivano e la loro notte non avrebbe avuto fine. Proprio per questo non avrebbe dovuto essere disturbata, esposta al clamore e, soprattutto, ancora al freddo. Invece li impilarono a formare una barricata umana, bersagli di un ultimo spregio. Restava da pregare che davvero non potessero sentirlo.

Andrea si stupì di come riuscisse a svolgere questo compito. Lo trovava necessario e quindi lo eseguiva. La guerra aveva ridotto opzioni e remore. Se un morto poteva salvare un vivo non c'era da valutare altro. Il decoro era un lusso per chi stava molto più in basso, per chi ancora capiva in che stagione fosse, per chi dormiva nel proprio letto ed era sicuro di svegliarsi.

Per Canio non era la stessa cosa: lui continuava a vedere uomini, non cadaveri. Gli pareva immorale nascondersi dietro di loro, usarli come scudo. Non ammetteva che fossero divenuti l'equivalente di legna o pietra.

Andrea prese le braccia, immaginando che fosse più difficile il contatto e lasciò a Canio i piedi.

«Toglietegli le scarpe!» ordinò il capitano.

Era anche questo logico quanto spietato. Niente poteva servire di più a chi era rimasto.

Andrea invertì le posizioni. Fu lui a sciogliere i lacci fradici e sfilare le scarpe dagli arti già rigidi. Dovette tagliare la tomaia intorno alla caviglia per riuscirci. Canio osservava il cielo livido, stringeva i polsi di quel compagno morto e mormorava tra sé. Chiunque si sarebbe accorto che stava iniziando a precipitare, ma nessuno lo guardava. Fecero due viaggi. Al terzo toccò loro Malospirito.

Si bloccarono. Canio scosse la testa. Andrea gli mise una mano sulla spalla, ma sentì le gambe cedere.

Canio disse: «Prendiamolo e andiamolo a seppellire».

«È inutile, poi la neve si scioglie.»

«È lo stesso.»

«La tregua è finita: allo scoperto ci sparano.»

«È lo stesso.»

«Per me ancora no. Neanche per te. Hai qualcuno da cui tornare. Lui» indicando Malospirito «non può più farlo.»

«È lo stesso.»

«Ho capito. Ma anche gli altri, allora. Perché era nostro amico è diverso, anche dopo? O... è lo stesso?»

«Io non ce la faccio più.»

«È l'ultimo, e sai una cosa? Riderebbe, direbbe che almeno si riposa, sdraiato là. E sarebbe contento di farci la guardia. Che gli sparassero, adesso non possono più ammazzarlo. Questo direbbe.»

«Non lo sai. Non sai come si prende la morte, neppure la tua.»

«Vero, ma so come la prenderà il capitano se non lo facciamo e anche in fretta. Dai qua!»

Fece per caricarsi in spalla quel che restava di Malospirito.

Canio trattenne il corpo per le caviglie.

Lo portarono alla catasta. Lo innalzarono come un'offerta al cielo, lo posarono con tutta la delicatezza possibile, cercando di dargli un equilibrio che non fosse precario. Si fecero entrambi il segno della croce. Andrea prese la mano penzolante di Malospirito e la strinse forte, poi allentò temendo potesse andare in pezzi.

Disse a Canio: «Dagli un compito».

«In che senso?»

«Come fai con tutti i tuoi cari che sono morti. Servirà a fartelo avere vicino per sempre.»

Canio ci pensò, poi disse: «Non me la sento. Sta già facendo questo, per me e per noi: ci protegge dagli spari. Non posso chiedergli nient'altro. E non me lo dimenticherò, stai certo, non lo dimenticherò».

«Neanche io.»

Andrea sfiorò ancora la mano di Malospirito. Poi si sarebbe maledetto per non aver cercato di riposizionarla sul corpo. Arrivò un altro cadavere da sistemare sopra e il suo restò lì, ora coperto, con il braccio che pendeva.

Tre giorni più tardi, dopo che la temperatura era scesa congelando tutto e tutti, quel braccio penzolante era divenuto un intralcio. Bisognava allargare il camminamento e il capitano diede l'ordine di recidere quel che sporgeva.

«Non sono rami» obiettò una voce, quella di Giulio Feroci, l'assassino.

«Sarai tu il primo a occupartene» ribatté il capitano. «Avevi meno scrupoli prima della guerra...»

Feroci, in silenzio, venne avanti.

Il secondo prescelto fu Canio.

Furono dati loro una piccozza e un coltello.

Il soldato che li consegnava sussurrò: «Vi è andata bene. Più avanti ho sentito che sporgeva una testa e gli han dato un martello».

Lo disse trattenendo un risolino. Canio, di getto, vomitò. E iniziò a morire.

❄

Il primo manifesto richiamò la gente nella piazza del paese più di un circo. La voce si diffuse come un temporale: «Fucilano!». Accorsero per verificare, per scoprire chi sarebbe stato vittima di quel provvedimento: qualcuno che conoscevano, un familiare addirittura. Proprio adesso che cominciava a prendere forma, nelle maniere più imprevedibili, la speranza. Pareva che in un pollaio vicino una gallina avesse fatto un uovo con su scritto "pace" e una data di lì a quattro mesi, a due, fra tre domeniche. Che il fronte sarebbe stato spostato e prima ci sarebbe stata una lunga licenza per chi stava combattendo lì. C'era chi non credeva: tutte invenzioni da disfattisti. Lo diceva al caldo del caffè, non potendo essere arruolato. Invece: cominciavano a fucilare.

Maria fu tra i primi ad accorrere. Arrivò affannata dalla stalla, senza neppure mettersi un paio di scarpe più adatte per non scivolare. Cercò di farsi largo e le fu concesso perché sapevano che aveva qualcuno al fronte, ma soprattutto perché lei sapeva leggere e molti avevano bisogno di chi lo facesse per loro. Vincendo la timidezza, lesse allora a voce alta.

Sopra stava scritto «In nome del re, per grazia di Dio e per volontà della Nazione» e già qualcuno si era fatto il segno della croce. In lettere più grandi e scure, che incutevano timore: IL TRIBUNALE MILIT. DI GUERRA. Chi altro sapeva leggere e ragionare pensò, ma non disse, che potevano anche ridurre il corpo e farci stare la parola "militare" senza abbreviazioni, ma non avrebbe ottenuto lo stesso effetto. E dunque, continuò Maria: «Questo tribunale milit. composto dal presidente e dai giudici sottosegnati aveva pronunciato la sentenza nella causa contro un uomo di ventitré anni, Angelo Baroncin, nato all'estero», figlio di emigrati, tornato in patria e mandato a combattere contro i suoi precedenti vicini di casa. A quest'uomo era stato chiesto e poi ordinato di sparare a chi l'aveva salutato mentre entrava e usciva da un negozio, aiutato a portare un peso, bevuto al suo fianco in uno scantinato pieno di fumo. Quest'Angelo era accusato perché, «allo scopo di procurarsi infermità da renderlo incapace di proseguire nel militare servizio e sottrarsi così per codardia ai pericoli della guerra, si era provocato lesioni all'anulare e medio della mano destra e successivamente, mantenendo lo stesso proposito, mentre si trovava in servizio di vedetta in faccia al nemico si esplodeva un colpo del proprio fucile carico a pallottole contro l'indice della stessa mano, determinando una grave ferita alla terza falange, lesioni che lo misero in condizione di non poter prestare col reparto più alcun servizio, neppure occorrendo la possibile difesa». Dopo essersi a più riprese maciullato la povera mano, quest'Angelo veniva «dai giudici sottosegnati ritenuto colpevole del reato di codardia e condannato», di nuovo a lettere più grosse e scure, «alla pena di morte col mezzo della fucilazione nel petto».

Baroncin non era un figlio del paese o della vallata. Qualcuno, più sensibile, pensava lo fossero tutti. Soltanto una minoranza disprezzava i condannati e c'era chi lo faceva per facciata, per poi tornare a casa e riferire scuotendo la testa. I primi manifesti provocarono il terrore a cui ambivano: questo succedeva a chi non osava compiere il proprio dovere. Più ce ne furono e più crebbe il distacco, solo alla fine sorse la rabbia. Se quelle fucilazioni non bastavano a fermare le mutilazioni volontarie chissà cosa stavano passando quegli uomini. Quale che fosse il nome del fucilato cominciarono a piangerlo come uno dei loro. Le donne andarono in chiesa a pregare per ogni Angelo caduto. Lo fecero anche quando lessero il nome di Canio, benché nessuno lo conoscesse: veniva da lontano, i suoi genitori avrebbero saputo soltanto più tardi, adesso ancora facevano la loro vita, lavoravano la terra, compravano bottoni, mangiavano senza sale né zucchero, parlavano dei luoghi lontani dove il loro figlio era andato, cercavano invano di immaginare quel che aveva descritto in lettere sempre più brevi: ma come si può immaginare un ghiacciaio se non si sa neppure di che cosa sia fatto?

Ogni sera prima di addormentarsi Maria pregava. Non pregava per quegli sconosciuti, gli Angelo, i Canio, che venivano uccisi dai loro stessi compagni, ma, vergognandosene, pregava per non dover mai leggere il nome di Andrea, chiunque ma non lui: «Fa' che abbia sempre la forza di non arrendersi e che non finisca mai su quei manifesti. Fammi leggere altri cento nomi, ma non il suo».

❄

Li videro, quei soldati disperati, quando a scappare fu un intero plotone. Avevano invertito la direzione di marcia che era stata ordinata. Invece di salire, scesero. L'avanzata fu trasformata in ritirata per una disposizione superiore, impartita dall'animo collettivo. Non erano uomini di montagna, non avrebbero retto comunque, sarebbe stato un massacro prima della battaglia e ne avevano già affrontata un'altra, con decine di perdite. Decisero di provare a salvarsi o morire altrimenti. Li videro correre a gruppetti per la strada che scendeva dalla cima, affannati ma convinti di avercela fatta perché vedevano le case, la vita com'era e l'avevano sempre conosciuta e pensata. Non sapevano che dall'altra parte, allertato dai comandi a monte, stava salendo un plotone ancor più numeroso per sbarrare loro la strada. Si fermarono di botto quando se li trovarono schierati, con i fucili puntati, alcuni in ginocchio, cecchini che li avevano nel mirino. Il dubbio era uno solo: a quanti metri avrebbero fatto fuoco? Lo risolsero i due che ebbero il coraggio di avanzare oltre l'incrocio, colpiti come fossero i più pericolosi tra i nemici. Gli altri furono catturati e cinque a sorte fucilati. Non ci fu un manifesto con i loro nomi, per non raccontare l'intera storia. Viaggiò a parole, salendo fin dove avevano rifiutato di andare.

Lì aspettava Canio, nella trincea allargata menomando cadaveri, ormai straniero a se stesso, troppo lontano per tornare indietro cambiando idea. Andrea lo sorvegliava, gli parlava continuamente, cercava di tenerlo al riparo dagli altri. Temeva che qualcuno, soprattutto fra gli ufficiali, si accorgesse del suo mutamento. Spavaldo non era mai stato, ma adesso era catatonico, taceva o rispondeva con una, due parole al massimo. Quando Andrea aveva ricordato una delle battute ricorrenti di Malospirito si era messo a piangere in silenzio. Nella sua mente batteva un orologio il cui pendolo era un braccio mozzato. Poi un giorno, di colpo, si fermò.

Erano in missione insieme. Con loro c'erano altri quattro soldati e il capitano Motta. Dovevano cercare di recuperare un ferito che si trovava esposto al fuoco nemico. L'impresa era quasi impossibile, ma in quel "quasi" si era inserita la loro ostinazione. Prima o poi si sarebbero stancati di attenderli al varco, usando quel compagno come esca. Prima o poi, purché prima non morisse dissanguato o congelato. Quanto tempo ancora restava? Andrea sentiva gli arti irrigidirsi e la schiena era scossa da brividi regolari. Osservava in alternato il capitano e Canio, da loro si attendeva il peggio che non era ancora arrivato. Eppure fu colto di sorpresa. Nel cuore di una tregua più lunga delle altre Canio scattò fuori dal riparo, abbandonando dietro di sé il fucile. Strisciò verso il ferito, coperto dalla mantella bianca. Si accorsero di lui quando lo raggiunse e cominciò a spostarlo, tirandolo a sé. Soltanto allora anche il capitano reagì e ordinò un fuoco di copertura per proteggere il rientro dei due. Fu tutto così imprevedibile che da sopra spararono pochi colpi. Uno raggiunse il ferito nella stessa gamba già trafitta. L'amputazione era il suo destino: un giorno l'avrebbe accettato, pensando a come ne aveva scampato uno peggiore. Tutti festeggiarono Canio, tranne il capitano, irritato perché non gli aveva impartito l'ordine della sortita. Lui lo guardò senza espressione, come non lo sentisse né lo vedesse. Il ferito boccheggiava. Cercarono di lasciargli spazio e aria mentre lo fasciavano. I nemici, per frustrazione, sparavano raffiche. Partì anche una cannonata. In seguito Andrea pensò che fosse avvenuto proprio in contemporanea, che coperto da quel suono Canio avesse sparato a se stesso, alla propria mano sinistra. Tutti si stavano occupando del ferito, nessuno di lui. Quando lo fecero mostrò le dita amputate e disse: «Mi hanno colpito mentre ero là...».

Andrea era sicuro di averlo visto tornare incolume. Le mani, intatte, avevano trascinato il ferito. Stava contando su un baratto: chi avrebbe osato accusarlo dopo che aveva compiuto un atto eroico? Aveva salvato una vita, non aveva forse diritto a salvare la propria? Era stanco di morte e di guerra, aveva saldato il conto e chiedeva soltanto di andarsene. Andrea capì e non disse niente. Il capitano Motta fece altrettanto, ma solamente per un lungo minuto. Poi eruppe in una sequenza di offese. Aveva intuito e si sentiva preso in giro. Urlava in faccia a Canio che restava privo di espressione, limitandosi a mostrare la mano e ripetere: «Mi hanno colpito, là...» e indicava lo spiazzo verso il quale si era gettato.

Era un eroe, un vigliacco o entrambe le cose? Era possibile dare ragione a lui e all'ufficiale? Per la prima volta Andrea si sentì incerto, scoprì la linea grigia sulla quale, se fosse vissuto, avrebbe dovuto camminare spesso in precario equilibrio. Che cosa ci guida quando scegliamo da che parte metterci? Alla fine: l'estensione del dominio dell'amore. Fare la scelta che consente di amare di più. Quella che salva e non quella che elimina. Non è una giustizia quella che toglie vite. Lo si capisce quando si finisce nel suo ingranaggio. Andrea si fece avanti e disse, garantì, che l'aveva visto tornare così: con due dita mozzate da uno sparo nemico. L'ufficiale si girò di scatto: «Vuoi finire anche tu sotto processo?». Andrea abbassò la testa, cedendo a un istinto più forte di molti sentimenti, quello di sopravvivenza, che mantiene in piedi almeno finché non si comprende che era meglio lasciarsi cadere e lo si fa fuori tempo, come un danzatore che non segue la musica e va a terra quando è già finita.

Tornarono alla base avendo compiuto la missione, ma si preparavano a perdere un uomo nel peggiore dei modi: Canio sarebbe stato processato e, per come funzionavano i tribunali in quel momento, rapidamente condannato e fucilato.

Fu consegnato a una pattuglia. Il processo si tenne altrove, senza che nessuno dei suoi compagni potesse seguirlo, ma di questo furono riconoscenti: sarebbe stata una sofferenza in più. Si concluse già l'indomani, con la più scontata delle sentenze. Quel che Andrea non si era aspettato era che il capitano Motta, per punirlo del tentativo di falsa testimonianza, lo avesse inserito tra i dodici del plotone d'esecuzione.

❄

Dodici a sparare, due a morire. Nessuno degli altri undici conosceva Canio, così come Andrea non conosceva il secondo condannato. Pare fosse stato sorpreso a trattare per tradire: il nemico aveva diffuso volantini in cui offriva una grossa cifra per farlo. Si era difeso dicendo che voleva mandare quei soldi a casa, per un figlio piccolo che aveva bisogno di cure. Venne fuori che non era neppure sposato. Le motivazioni di Canio sarebbero state molto diverse, perfino comprensibili e avvalorate dal suo gesto salvifico, ma tacque, non una parola. Voleva andarsene dal ghiacciaio e morire era il secondo modo migliore per riuscirci. Andrea cercò di obiettare, in nome della sua amicizia con uno dei condannati, ma la risposta fu: «O gli stai di fronte, o gli stai di fianco».

Pensò a Maria e andò tra quelli che si sarebbero messi di fronte, disposti in fila. Avrebbero dovuto procedere e, uno alla volta, sarebbe stato loro consegnato un moschetto già carico. Non potevano usare il proprio perché uno dei dodici veniva caricato a salve, cosicché potessero illudersi di non avere mai ucciso un compagno. Dopo la fucilazione avrebbero riconsegnato l'arma e ognuno avrebbe potuto raccontarsi una storia: che aveva visto, aveva capito, l'aveva dedotto dal suono, dalla vibrazione, dal desiderio di credere a quella possibilità su dodici.

Per scoraggiare altri atti di automutilazione o tradimento avevano fatto venire un pubblico da spettacolo teatrale. Più di duecento soldati erano stati sospinti dalle retrovie per assistere a quell'esibizione deterrente. Si schierarono ai due lati. Il plotone componeva il terzo, mancavano solo i due uomini che avrebbero chiuso il quadrato. Arrivarono insieme, con le mani legate, come se avessero potuto tentare un gesto estremo. Andrea cercò di vedere l'espressione di Canio, ma era lontano e teneva la testa bassa. Aveva paura di essere riconosciuto, il pensiero che il suo amico sapesse che gli avrebbe sparato gli faceva più male dell'idea stessa di farlo. Con Malospirito, pensò, sarebbe stato diverso. Lui gli avrebbe detto: «Meglio una pallottola da te che da un altro» e forse si sarebbe perfino sforzato di far seguire alle parole un sorriso. Barattò il suo posto nella schiera, mettendosi il più possibile di lato, abbassandosi il cappello sulla fronte, tenendo gli occhi bassi sul moschetto. Fece l'errore di alzarli un attimo appena, per controllare che un superiore non si fosse accorto del suo spostamento. Lo sguardo di Canio lo agganciò e lo inchiodò. L'aveva riconosciuto subito. Aveva abbandonato la consueta espressione catatonica per comunicare a distanza con lui. Gli sembrò che non lo stesse colpevolizzando, anzi che fosse lui a fargli coraggio. Percepì, addirittura, un cenno del capo, come a dire: «Va bene così, non ti preoccupare». O fu come immaginare di avere avuto l'arma caricata a salve: un'autoassoluzione non suffragata da prove. Se c'è un ultimo desiderio per il condannato ce n'è uno anche per il suo boia. O almeno per uno dei dodici. Gli altri undici sembravano soltanto aver fretta di finirla per tornare da dove erano venuti. Sparare a un uomo nato da una o dall'altra parte di quella montagna non faceva differenza. Puntando l'arma chiese perdono. Si ricordò di una delle volte in cui si era confessato da bambino. Aveva detto al sacerdote: «Chiedo perdono al Signore perché ho offeso mia madre». La voce dietro la grata aveva replicato: «Se hai offeso tua madre non è a Dio che devi chiedere perdono, ma a lei».

«È più difficile, però.»

«Appunto per quello.»

«E se mi dice no?»

C'era stata una pausa, gli era quasi sembrato di vedere il prete sorridere.

«Chiediglielo ancora, ma vedrai che non ce ne sarà bisogno. Piuttosto, poi non rifarlo.»

«Non mi perdonerebbe più?»

Il sacerdote stava per rispondergli che lo avrebbe fatto per settanta volte sette, ma si era trattenuto e aveva detto: «Vedremo».

Occhi negli occhi implorò il perdono di Canio, ma non ne intuì la risposta. L'avrebbe chiesto per il resto della sua breve esistenza.

Era già il momento. Il capitano Motta si era messo tra il plotone e i condannati e aveva estratto la sciabola. Gli prudeva la nuca e accelerò la pronuncia della formula per potersi grattare alleviando quella sensazione. Il pubblico dei compagni d'armi, salvo poche eccezioni, non distoglieva lo sguardo. Non significava che approvassero, ma che erano ormai troppo assuefatti dalle rappresentazioni della morte. Questa aveva semplicemente una trama diversa, l'esito era lo stesso: spari, corpi che si afflosciano, cadaveri da seppellire.

La sciabola del capitano si abbassò di scatto a fine corsa, come se volesse tagliare l'aria o una testa. La scarica seguì, ma non fu compatta, qualcuno aveva esitato. Andrea si sorprese di non essere stato uno di quelli, sapeva però di aver mirato nello spazio, per quanto esiguo, tra i due. Canio si era accasciato, in ginocchio, insanguinato, colpito in più punti. Aveva trascinato con sé l'altro, ancora vivo, che guardava prima lui poi il plotone con occhi sbarrati. Non gli era stata concessa la sola grazia che avesse richiesto: che succedesse in un istante. Fu dato l'ordine di ricaricare, ma prima della seconda serie di pallottole l'uomo strabuzzò gli occhi e spalancò la bocca: gli aveva ceduto il cuore. Ricadde addosso a Canio. Temendo avesse tentato un ultimo inganno il capitano ordinò comunque di fare fuoco e i due corpi, seppur esanimi, sussultarono prima di consegnarsi per sempre all'immobilità.

Quattro becchini li presero e li caricarono su due barelle lacere. La fossa era stata già scavata al limitare della foresta. Il capitano indicò due uomini del plotone. Aveva cercato Andrea, ma era stato il primo a rompere le righe. Si accontentò di chi restava. Disse loro: «Raccogliete delle rocce e buttatecele sopra». Avrebbero eseguito, nonostante la debole opposizione del cappellano che pronunciò poche parole incomprensibili sulla fossa. Uno dei due mormorò: «Meglio la pietra del ghiaccio. Quello almeno non lo vedranno mai più». E si fece il segno della croce. L'altro sputò per terra, ma in direzione opposta.

Andrea riconsegnò il moschetto e tornò alla sua postazione. Vicino a lui, qualcuno si schiarì la voce e cominciò un canto.

❄

La canzone era proibita. Il primo a unirsi a chi l'aveva intonata fu Giulio Feroci, detto l'assassino. Andrea fu l'ultimo perché di cantare, dopo quel che era successo, non se la sentiva. Lo fece infine a capo chino, mormorando appena le parole che sembravano ispirate a Canio: il soldato innamorato, nostalgico della donna che non sa se rivedrà, che ne rilegge le lettere e ripensa agli abbracci, ma niente vuole e niente spera. Era in dialetto napoletano ma, come ogni cosa capace di toccare una corda universale, era stata immediatamente compresa da tutti. Aveva viaggiato dal golfo pieno di sole alle montagne innevate, dalla pace nel Sud alla guerra nel Nord. Era divenuta l'incubo degli ufficiali. Quel soldato incapace di volontà e speranza era un disfattista: la sua nostalgia, non compensata dal dovere patriottico, una minaccia. La canzone fu considerata un inno non dei potenziali eroi, ma dei possibili disertori.

Per questo, compiuta la fucilazione di Canio, dopoché gli uomini che gli avevano dato sbrigativa sepoltura tornarono a capo chino nei baraccamenti, ci fu un lungo silenzio, poi eccola: «Staje luntana da stu core, a te vuolo cu 'o penziero, niente voglio e niente spero, ca tenerte sempre fianco a me». Fu come un ruscello che scende dall'alto e s'ingrossa. Inevitabile diventasse fiume a: «Oj vita, oj vita mia...». Nessuno a quel punto si preoccupò più delle conseguenze. Il coro si alzò nel cielo latteo. Il capitano Motta e gli altri ufficiali si allontanarono per fare finta di non sentirlo. Arrivò fino alle postazioni nemiche, dove qualcuno tamburellò con le dita sul calcio del fucile. Andrea immaginò che le parole fossero per Lucia, l'amore di Canio. Avrebbe fatto dire un'altra messa per lui. E un'altra ancora, prima che la notizia la raggiungesse. Avrebbe continuato, alla memoria, almeno finché la guerra fosse durata. Si sarebbe vestita leggera d'inverno per capire il freddo di cui le scriveva lui. Gli avrebbe assegnato inevitabilmente un ruolo, quello di custode della sua felicità, dei suoi segreti. Sarebbe divenuto con il tempo anche lui un segreto, di cui non parlare più per rispetto ad altri. Gli avrebbe dato libero accesso soltanto nei sogni. Lì, la sua presenza le sarebbe sembrata naturale. La rivelazione della sua impossibilità, affidata a un soffio. Avrebbe continuato a parlargli, a sorridergli, come se tutto andasse bene, quella fosse la vita. Lo stupore le avrebbe acceso un mezzo sorriso. In lui, di riflesso, sarebbe affiorato un velo di malinconia, quasi avesse capito, ma per lo stesso affetto che li legava avesse continuato a recitare la sua parte. Avrebbero impiegato quel tempo non per farsi domande esistenziali e avere risposte definitive, ma per giocare a far finta di niente, perché l'avevano dimenticato, non l'avevano mai saputo, non era successo. C'era solo quel tavolo, quella matita, lei che scriveva, lui che rispondeva e ogni parola subito sbiadiva.

«E 'o primmo e ll'urdemo sarraje pe 'me.»

Molti si fecero il segno della croce. Uno per tutti disse: «Amen».

Era finita, potevano andare nuovamente alla guerra.

L'autore della canzone morì poco dopo la sua fine. Di vaiolo, si disse. Anche lui non ebbe una quieta sepoltura. Il suo corpo e tutto ciò che lo circondava furono dati alle fiamme. Il parroco celebrò esequie private nella casa di famiglia, senza una bara da benedire. Desiderava essere considerato come un poeta, anche se il suo e ogni tempo successivo lo avrebbero declassato a paroliere. Era nato nell'anno in cui era nata la nazione, non aveva mai combattuto ma gli piaceva scrivere poesie guerresche. Aveva provato una canzone sul soldatino, un'altra sul soldato stanco e al terzo tentativo ebbe l'idea vincente: il soldato innamorato.

Decenni più tardi, verso la fine del secolo, un giovane discendente di Canio si trovò allo stadio di Napoli. La squadra locale, per cui tifava, trascinata da un funambolo argentino, vinceva largamente e puntava a un inedito successo nel campionato. Era la sua prima volta sugli spalti. Non conosceva i riti e i cori. D'improvviso tutti si misero a cantare quella canzone, che poco aveva a che fare con il calcio e molto con tutto il resto. Si accodò, inizialmente felice. Arrivato a «Oj vita, oj vita mia», senza capire perché scoppiò a piangere in modo irrefrenabile. Non riuscì a smettere per tutto il tempo in cui il coro proseguì. Si coprì la faccia e si chinò per non farsi vedere. Un amico se ne accorse, lo scosse: «Salvatore, che c'è?».

«Niente» disse. «È passata. Amen.»

La squadra per cui tifava vinse.

❄

Andrea ebbe una licenza premio. La prima, l'ultima. Di solito toccava soltanto a chi per il plotone d'esecuzione si offriva volontario, ma il capitano Motta, a sorpresa, la concesse a tutti quelli che ne avevano fatto parte e vivevano abbastanza vicino da poterla sfruttare. Tre giorni. Ne approfittarono in cinque.

Si avviò all'alba senza un grammo della felicità che avrebbe portato con sé soltanto poco tempo prima. Già di suo non amava le tregue: le considerava illusioni, possibili inganni. La sua più grande risorsa era lo spirito di adattamento. Gli amici dicevano: «Se tu finissi in galera, tempo tre giorni e ti sembrerebbe di esserci nato». Sapeva far fronte al male che gli capitava, si era sforzato di esserne capace fin da bambino, fin da quando aveva perso la madre. Aveva deciso di reggere l'urto, come legandosi a un palo prima che arrivi la tempesta e lì restando fino a che fosse passata. Aveva perfino tentato di consolare chi, come suo padre, sembrava non accettare il proprio destino. Poi quello aveva rimosso e si era rifatto un'esistenza. Lui non dimenticava, ci viveva sopra. Si feriva, ma così in profondità da non mostrare i tagli e da non sentirne gli effetti. Alla tregua, invece, non riusciva ad abituarsi perché aveva la fine già scritta. Non poteva stendersi al sole nell'intervallo tra due temporali. La cosa peggiore non è l'inferno, ma uscirne sapendo di doverci tornare. L'avrebbe affrontato, non avesse ricevuto quel dono in cambio dell'azione peggiore della sua vita. Invece tornò avendo dentro di sé il ghiaccio e, quel che più pesava, il senso di colpa. E fece ogni cosa potesse dargli sensazioni opposte.

Non ebbe modo di annunciare il suo arrivo, colse tutti di sorpresa. Suo padre e la donna che aveva risposato erano al lavoro. Sua sorella si era trasferita lontano. La casa vuota non lo intristì, era l'occasione per andare subito da Maria. Un presentimento l'aveva spinta sulla porta di casa. Vide arrivare un uomo conosciuto eppure straniero. Nell'andatura aveva fretta, ma non baldanza. Pensò perfino che avrebbe potuto superarla e continuare, che fosse uno senza destinazione e senza più destino. Il mondo di lei era rimasto immutato, con l'aggiunta dell'ansia, della testa sempre rivolta all'insù. La sua guerra era una fantasia, un incubo diurno che la notte sfilacciava in versioni incomprensibili. Ricordando quel giorno si sarebbe chiesta poi perché l'avesse aspettato sulla soglia senza corrergli incontro. Capì solo più tardi che era stata una forma di rispetto, mista al timore di romperlo, come fosse stato di cristallo. Anche lui fu imprevedibile, si fermò a qualche passo, la guardò e non sorrise. Allargò le braccia come a dire: «Adesso sono questo». Le sembrò invecchiato, stanco, ma soprattutto appesantito da un fradiciume che non apparteneva soltanto alla neve bagnata: aveva una sostanza morale che non riusciva a cogliere. Lo accolse, chiunque fosse diventato. Si era ripromessa che se e quando fosse tornato non gli avrebbe chiesto niente. Non per quanto, non com'è, non come o quando finirà. Avrebbe trascorso quei momenti come se fossero gli unici, scollegati dal filo del tempo. Maria visse la tregua, Andrea l'attraversò.

In casa non c'era nessuno, gli prese la mano e lo condusse dentro. Chiuse la porta alle sue spalle. Non avevano deciso niente, non avevano avuto neppure il tempo per pensarlo. Non li spinse la volontà e neppure il desiderio, fu una reazione. Una ribellione alla solitudine, alla prescrizione dei lutti, a tutto quel meccanismo montato per l'eliminazione di vite altrui. Incarnarono lo spirito di tutti i tempi, quello che risponde agli atti che producono morte con gli atti che producono vite. Andrea si stupì del tepore, del proprio corpo che usciva dai vestiti, di una sedia dipinta di verde prato usata come comodino, di un gatto grigio alla finestra, perché erano tutti segnali di vita che non percepiva più da tempo, ma a cui si abbandonò con la sua solita velocità, pur sapendo che li avrebbe persi e rimpianti. Da lì in poi entrarono davvero in un territorio straniero, per entrambi. Per un attimo ad Andrea parve di sentire un'eco di spari provenire non dalla montagna ma dal passato, ieri appena. Spalancò gli occhi e vide quelli di Maria, in cui la vita continuava. C'era un piccolo specchio ovale appeso alla parete, dove ci si sarebbe aspettati di trovare un'immagine sacra. Proprio quando raggiunse l'orgasmo Andrea si vide riflesso e gli sembrò il volto esausto di un uomo che muore. Si lasciò andare sul cuscino, tra i capelli di Maria, chiedendosi se aveva visto il futuro o il passato di miliardi di uomini che avevano condotto la specie fino a lì e che un giorno l'avrebbero distrutta.

Finalmente riuscì a parlare.

Disse: «Prima che torni su ci sposiamo».

Lei disse: «Sì. Adesso si può».

Intendeva che il prete accorciava le pratiche, che una tregua andava santificata come una festa, che lei era pronta e glielo aveva appena dimostrato. A questo si aggiungeva, oscuramente, che aveva già in grembo il loro figlio. Lui non l'avrebbe mai conosciuto: disperso in guerra o nel momento in cui gli aveva dato la vita.

❄

Immaginò che un giorno Maria sarebbe andata a pregare per lui come facevano alcune donne del paese per i loro scomparsi mariti o figli, ora molti di più. Le aveva viste passare, vestite di nero, e ogni volta aveva abbassato la testa perché non leggessero nei suoi occhi il disincanto, l'idea che quella fosse una gita estiva animata da una dolorosa superstizione. Salivano al ghiacciaio quando la luce lo aveva invaso. Si tenevano per mano affrontando i passaggi più ripidi. Pregavano insieme fin dalla partenza. Il coro sciamava per la strada e si disperdeva inerpicandosi. Per rispetto Andrea si faceva il segno della croce incontrando le vedove. Se pregava tra sé e sé era perché nessuna di loro si facesse altro male cadendo su quel percorso inadatto alle loro capacità. Nessuna sarebbe stata giovane e forte come Maria. La disperazione le sospingeva e dava loro energia ed equilibrio. Diventavano ben presto puntini scuri, poi sparivano. Sapeva che avrebbero raggiunto un luogo adatto per pregare, non perché fosse comodo, al contrario. Si sarebbero inginocchiate sul ghiaccio e avrebbero a quel punto proseguito a voce più bassa, ognuna per conto proprio, nominando la persona per cui erano lì. Chi avesse sentito quel mormorio senza vederle avrebbe potuto pensare a un corso d'acqua diretto a valle. Erano invece parole rivolte al cielo. Invocavano la liberazione delle anime dei defunti intrappolate, affinché potessero raggiungere il paradiso. Nel nominare quegli uomini letteralmente li piangevano, centinaia di lacrime scivolavano dai volti e si dissolvevano su quella superficie che pareva vetro. Capitava che qualcuna di loro pregando cadesse in uno stato simile all'ipnosi, reiterando le formule senza più sentire il freddo, finché le ginocchia si attaccavano al suolo e quando si fossero rialzate la pelle si sarebbe strappata, mostrando carne viva e sangue. A volte bisognava portarle via a forza, perché prese da un'ossessione o da un principio di assideramento. Si diceva che quel pellegrinaggio avesse una doppia funzione: poteva liberare i morti dalla prigionia del ghiacciaio, ma anche evitare ai vivi, a quelle devote donne, di finirci. Per quale peccato mai potessero essere condannate a quel destino, Andrea non lo sapeva, ma mentre tornava verso la sua trincea si fermò e si inginocchiò. Senza rivolgersi al cielo, continuando a guardare in basso chiese una lunga vita per lei e poi, come se fosse necessario perché si avverasse, si rialzò per andare a offrire in cambio la propria.

Maria davvero salirà per pregare, nella prima estate di pace, con un abito nero che le arriverà alle caviglie e un neonato dormiente tra le braccia. Prenderà il sentiero all'alba, senza mai alzare gli occhi dalla strada o dal fagotto che trasporterà. Odierà il ghiacciaio, sapendo che in qualche sua parte custodisce per sempre l'uomo che ha amato. Non avrà voluto chiamare con il suo nome il loro figlio, nonostante le insistenze della famiglia: sarebbe stata la reincarnazione di un dolore e la sostanza dell'amore esige forme nuove. Dopo il parto non si confesserà più. Andrà a messa, ma uscirà prima della comunione. Il parroco ne parlerà con sua madre, ma non con lei: il lutto è una barriera difficile da scavalcare e se ne terrà lontano.

Maria scivolerà e ritroverà l'equilibrio. Il piccolo sembrerà non accorgersene. Solo qualche secondo più tardi emetterà un sospiro, più soddisfatto che spaventato. Nonostante il sole stia sorgendo farà sempre più freddo: mai quanto ne ha sofferto lui, penserà, convincendosi a proseguire. Quando davanti a sé avrà soltanto il bianco dei ghiacci e l'incerto celeste del cielo si lascerà cadere sulle ginocchia. Dovrà tornare prima che il bambino reclami la poppata: è lui il tempo della sua vita adesso. Avrà poche semplici cose da dire, non saprà più a chi, probabilmente a se stessa.

I sacerdoti ai funerali recitano sempre la formula: non rimpiangete perché vi è stato tolto, ringraziate perché vi è stato dato. Anche quando accade così presto? Ci sarà una sola cosa capace di frenare il dolore di Maria, prima ancora del bambino: il rispetto per quello di Andrea. Penserà che tutti i sopravvissuti abbiano una consegna del silenzio per pudore del confronto. Guarderà le proprie ginocchia nude attaccarsi al ghiaccio e penserà che quello sia poco, sia niente. Non incontrerà mai le altre vedove, detesterà le loro lamentazioni, la pubblica esposizione del patimento. Detesterà ognuna di loro quando le vedrà fermarsi agli angoli della strada, nei negozi, sul sagrato della chiesa, a raccontare. Una parola per chi è morto e un torrente per sé. È indegno avere quei pensieri? O lo è tenere quei comportamenti? La compassione, il sussidio dei poveri. Perché le è toccato questo, invece di una vita insieme? Anche infelice, a tratti, ma insieme. Sarà venuta a chiedere niente per sé, tutto per lui. Liberalo. Liberalo, adesso. Fallo volare via da questa prigione di ghiaccio. Aveva vent'anni: non può meritare altro che la liberazione dal peccato, dalla pena. Ha fatto la guerra, ora merita la pace. Si farà il segno della croce, ma avrà un'altra domanda, per sé. Alla sua età, vedova, con un figlio appena nato: sarà ancora per qualche tempo una leggenda di sventura, poi un effetto dalla causa dimenticata, infine una storia invecchiata, un inspiegato ultimo capitolo. Ogni tragedia ha il suo tempo. L'uomo che sua madre aveva risposato farà cenno alla possibilità di una nuova unione, non subito, ma un giorno, appena il bambino, o forse prima che il bambino... Sua madre annuirà in silenzio. Lei lascerà passare qualche secondo, poi chiederà: «Se lo facessi, nel giorno del giudizio accanto a chi dovrei mettermi?». Loro si guarderanno, uno spalancando gli occhi, l'altra la bocca, nessuno dei due risponderà. Maria continuerà ad accarezzare il bambino. Non sarà quella la domanda da fare. Abbasserà la testa come per prendere la rincorsa, poi la rialzerà mormorando: «Saprò soffrire abbastanza?».

Andrea, di ritorno alla trincea, ancora inginocchiato, aveva dischiuso le labbra perché quel che voleva esprimere non fosse soltanto un pensiero chiuso dentro di lui, ma si trasformasse in parole, che potessero essere affidate all'aria, al tempo, che potessero in un modo misterioso arrivare.

Disse: «Tienimi, senza dolore...».

Passerà un anno tra quei due momenti.

Il quadrato di ghiaccio su cui prima Andrea e poi Maria si erano inginocchiati sarà lo stesso. Nel silenzio ogni cosa è udibile. La luce scenderà fino a lei e come un tappeto che le si tiri sotto la indurrà ad alzarsi, pacificata. Il bambino emetterà un gemito. La vita reclamerà il suo corso.

❄

Andrea fece l'ultima parte del viaggio di ritorno camminando accanto al fantasma di Canio. Era venuto a prenderlo a metà strada, al confine tra la vita in paese e la morte sulle cime. Alla fine aveva deciso che nulla sarebbe cambiato anche se il suo fucile fosse stato caricato a salve: aveva fatto parte del plotone e Canio l'aveva visto. Era lui stesso a non potersi perdonare. Invece aveva avuto la tregua, il premio di consolazione, e ora poteva affrontare il destino che gli rimaneva.

Aveva assegnato al fantasma di Canio un compito, come lui faceva con i suoi morti: sarebbe stato il suo consigliere, quello che avrebbe deciso quando si fosse trovato davanti a un bivio di scelte. Quando la paura lo avesse paralizzato, quando il rimorso lo avesse tormentato, quando la disperazione l'avesse stremato. Avrebbe chiesto a lui. Lo aveva già fatto, poche ore prima: tornare al fronte o disertare? Combattere ancora o nascondersi in una cantina, in una soffitta e aspettare che finisse? Voleva una vita accanto a Maria, ma anche sentirsene degno.

Nessuno gli aveva insegnato l'etica, non conosceva bene la legge, poco gli era rimasto del catechismo. Neppure i genitori erano stati fonti d'insegnamento: la madre non aveva fatto in tempo, il padre si era allontanato da lui perché gli ricordava un dolore. Si era costruito una sua morale, alla maniera della trincea, con gli argomenti che aveva trovato, le regole che li proteggevano. Una voce gli aveva suggerito la necessità di un'azione uguale e contraria che bilanciasse quella compiuta. Un atto di coraggio che facesse da contrappeso alla viltà, che mettesse a rischio la sua vita in cambio di quella che aveva contribuito a togliere. Poi, avrebbe avuto il perdono.

Il capitano Motta non si aspettava di vederlo tornare: era sicuro che avrebbe approfittato della licenza per sparire. Non glielo disse, se non con lo sguardo. Non gli disse neppure che, se l'avesse fatto, non l'avrebbe denunciato né cercato. Era stanco anche lui. Gli ultimi giorni erano stati terribili. Il nemico colpiva e spariva e, quel che era peggio, da altri fronti giungevano notizie negative. Non per via ufficiale, erano sussurri, per questo più credibili. Portavano parole come disfatta o ritirata. Costringevano ad affrontare realtà che non si erano mai volute guardare.

Nelle retrovie austriache un medico che non era stato arruolato, noto per avere usato per primo la parola psicanalisi, aveva cercato di spiegare le pulsioni che animano il conflitto. Scrisse il dottor Sigmund Freud: «La guerra a cui non volevamo credere è scoppiata e ci ha portato... la delusione. Abbatte quanto trova sulla sua strada con una rabbia cieca, come se dopo di essa non dovesse esservi più avvenire e pace fra gli uomini. Spezza tutti i legami di solidarietà che possono ancora sussistere fra i popoli in lotta e minaccia di lasciare dietro di sé un rancore tale da rendere impossibile per molti anni una loro ricostruzione».

Tempo dopo apriranno un ristorante lungo la costa della

montagna, laddove arriverà un allora inimmaginabile sistema di trasporto su cavi. Le vetrate si affacceranno sul ghiacciaio. Su una di queste verrà ricordato un episodio di inedita fraternità fra soldati in guerra: «Gli italiani stavano cucinando con una nuova dotazione di farina appena arrivata con i rifornimenti dalla funicolare. Gli austriaci, dalla loro postazione, sentirono il buon odore delle pietanze e fecero commenti. Era quasi Natale. Qualcuno lanciò loro due pacchi, che atterrarono sul ghiaccio. Li presero e poco dopo si udì un coro: Gut! Gut! Danke!».

Quel tempo era finito. Il dottor Freud l'aveva previsto: ciò che porta gli uomini ad ammazzarsi tra loro non è che una guerra interiore persa. Chi la vince fa tacere il nemico interno, che è la sensibilità di essere umani e che si manifesta come dubbio, esitazione, paura, diserzione, ma soprattutto come volontà di pensare. Dentro Andrea quel nemico stava morendo. Dentro al capitano Motta si stava rialzando. Soltanto così la storia del mondo può proseguire: bilanciandosi.

Sedettero accanto.

Fu Andrea a parlare.

«Era una trappola, vero? La licenza... perché pensava avrei disertato.»

«Sì, lo era... ma adesso in trappola ci siamo tutti.»

Restarono in silenzio.

Poi Andrea si alzò e si offrì volontario. Era una missione difficile quanto necessaria: un viaggio di andata che avrebbe cancellato molte possibilità di ritorno. Il nemico era sparito, invisibile come se si fosse sciolto nel ghiaccio. Un prigioniero aveva rivelato che esisteva una specie di fortezza in cui aveva trovato riparo. Dove, a che altezza? «Sotto, dentro» aveva risposto. Sembrava impossibile, eppure era l'unica spiegazione. Arrivarci scavando dall'alto avrebbe richiesto troppo tempo. Non restava che entrare, come avevano fatto gli altri, dal ventre del ghiacciaio. Scavando e minando. Non avevano esperti per farlo, e a offrirsi furono in due. Il primo fu Andrea. L'altro l'assassino, Giulio Feroci.

Si trovarono a fianco in quel cunicolo di cui non vedevano più l'inizio e non immaginavano la fine. Potevano soltanto sperare che i calcoli del capitano, che sosteneva di conoscere la montagna e i numeri, fossero giusti. Aveva scelto la linea di massima pendenza e, più ancora che avanzare, era faticoso trasportare verso l'esterno il ghiaccio scavato. Occorrevano uomini robusti e motivati: loro lo erano più degli altri.

Avevano anche altro in comune: avevano ucciso qualcuno per ragioni inevitabili e cercavano una punizione che avrebbero potuto evitare.

Per questo, alla prima occasione, si erano infilati in quel corridoio di ghiaccio e infinito, disposti a non uscirne mai più. Caricarono e fecero brillare mine, sempre riparandosi per tempo, finché il tempo scadde. In una notte d'autunno il comando decise che non poteva più aspettare. Gli esplosivi adatti tardavano e fu dato l'ordine di utilizzare tutto quel che c'era: dalle granate alle cassette di gelatina esplosiva. Sarebbe stato l'attacco disperato e finale alla fortezza invisibile. All'esplosione sarebbero seguiti i tiri d'artiglieria mentre una pattuglia si sarebbe calata nel cratere prodotto dalla mina e un'altra sarebbe entrata dalla galleria. Lo scoppio fu provocato alle tre in punto. Fu come l'eruzione di un vulcano bianco. Si sentì un boato. Si alzarono lingue di fuoco. Il suolo fu scosso. Enormi schegge di ghiaccio precipitarono verso il passo come meteoriti da un cielo illuminato artificialmente. L'artiglieria non cessò di sparare per un'ora. Alla fine ci fu un attimo di silenzio, irreale, un momento dimenticato e impossibile da presagire. Poi fu dato alle due pattuglie l'ordine di avanzare. La prima, guidata dal capitano Motta, si fermò quasi subito: il cratere era stato sì creato, ma immediatamente ostruito da lastroni che bloccavano l'accesso. La seconda era composta da Andrea e Giulio, che si fece il segno della croce prima di impugnare il lanciafiamme e scagliarsi verso l'ombra che custodiva i nemici. Si trovò avvolto dai gas dell'esplosione e cominciò a tossire e incespicare, il respiro gli mancò prima ancora che un proiettile lo colpisse in testa. Andrea non si fermò, evitò le raffiche buttandosi a terra e lasciandosi scivolare lungo il pendio ghiacciato, contro le pallottole, verso il destino che si era scavato.

❄

In una guerra ordinaria ci sarebbero stati soltanto soldati, di diversa origine e grado. In quella, straordinaria per il campo di battaglia, ci furono alpinisti che la concepirono come una sfida sportiva, acrobati che ne videro il filo teso sul vuoto e ingegneri che colsero l'occasione per sperimentare nuove ed estreme opportunità per ambientare la vita. Li favorì l'occasione e l'incontro di due vecchi nemici mai riconciliati: la necessità e il caso. L'inverno era più duro dei precedenti, le posizioni più scoperte e difficili da mantenere, data l'esposizione al rigore atmosferico e ai colpi di mortaio. Ritirarsi non era un'opzione sul tavolo dei generali. Morire, non lo era nel cuore delle truppe. Poi un soldato austriaco scivolò nel crepaccio mentre risaliva lungo il costone.

Ci misero qualche ora per recuperarlo, ma lo trovarono in ottima forma. Raccontò che là sotto si stava sorprendentemente bene, sentiva meno freddo: era finito in una specie di camera dove si era addirittura addormentato. Il tenente Leo, ingegnere nella vita civile, aveva occhi grandi e uno sguardo malinconico, un paio di baffetti e due medaglie, il suo grande amore era la musica. Smise di ascoltare Mozart e prestò orecchio al racconto di quel soldato. Volle scendere personalmente per ispezionare la situazione. Chi era rimasto sopra, a gesti o a sussurri, gli dava del pazzo. Dopo una quindicina di metri toccò il pavimento di ghiaccio. La fiamma della sua lampada illuminò un ponte di neve: passava proprio sotto il percorso che avrebbero dovuto compiere allo scoperto per raggiungere la posizione fortificata sulla forcella della montagna. Urlò che gli gettassero un bastone, o una piccozza. Colpì il soffitto di quella galleria: reggeva perfettamente. Calcolò che sopra di lui ci fossero più di cinquanta metri di ghiaccio e che avrebbero potuto scavare ancora per raggiungere la destinazione senza essere visibili per il nemico. Strattonò di nuovo per essere recuperato. Uscì con una gioia inesplicabile nello sguardo. Tornato al baraccamento chiese immediatamente del superiore e gli espose il suo progetto. Quello lo guardò all'inizio perplesso e alla fine infastidito. Rispose come fanno certi genitori per far tacere i bambini: «Vedremo». Due settimane e sette caduti più avanti lo fece richiamare.

«Com'era quell'idea della galleria da scavare sotto il ghiacciaio?»

Il tenente non si concesse il tempo di assaporare la rivincita, perché nel frattempo era andato molto più avanti con la fantasia, con i conteggi e i disegni. Aveva con sé un grande foglio bianco, arrotolato. Chiese: «Permette?» e lo dispiegò sul tavolo.

La sera di due settimane prima, dopo il rifiuto ricevuto, era tornato al suo alloggio, aveva preso carta e matita e si era messo a schizzare linee sotto il profilo della montagna. C'era un grande spazio verso est e se avesse retto la galleria poteva reggere anche altro, molto altro. Tutte le grandi idee sono folli perché sono inedite. Non significa che tutte le idee folli siano grandi, ma che chi ha una grande idea si stacca dalla logica corrente. Alla fine si era fermato per guardare quel che aveva disegnato dandosi lui pure del pazzo. Però si disse anche che ogni guerra è una forma di pazzia, specialmente una che si combatte a tremila metri, e bisogna pur annullare la pazzia iniziale con una equivalente per poter sopravvivere.

Non aveva pensato di passare sotto il ghiacciaio per raggiungere la postazione, ma di trasferire parte della truppa là sotto, in una città invisibile, e quindi invulnerabile. Se non la vedi non la colpisci. Se non sai che esiste non l'attacchi. Mise il dito indice sull'ingresso e la percorse. Si lasciò sulla destra la caverna per il deposito materiali, a prova di bombe. Svoltò in direzione dell'ambulatorio medico, superò le latrine, i magazzini alimentari, i depositi di gas e munizioni, tre ricoveri per un centinaio di soldati semplici e uno più ampio per una cinquantina di ufficiali, una centrale telefonica, depositi di legna, una cucina, un bar per i graduati. Aveva aggiunto particolari tecnici: un trasformatore, un motore per trapano da roccia, un cavo ad alta tensione, un ventilatore aspirante. Ah già: il posto di osservazione e guardia. E, certo, la postazione per il cannone, sempre mirato sul passo sottostante da cui poteva salire il nemico. Infine, l'uscita.

Avrebbero potuto camparci tutto l'inverno.

Accanto al superiore che osservava allibito quel progetto di per sé semplice ne comparve un altro. Abbassò la testa, la rialzò e guardò annuendo il suo pari grado.

«Dici che ha senso?»

«Dico di sì.»

«Ma sei architetto, tu?»

«No, sono disperato.»

Aveva pronunciato una parola vietata, ma niente di quel che stava succedendo era permesso, non dalla disciplina, non dalla logica.

L'Ingegnere estrasse un altro foglio con il piano dei lavori, gli uomini e le attrezzature necessari.

Lo ascoltarono, fu la prima e ultima volta che accadde.

Non l'avrebbero fatto quando, anni dopo, avrebbe considerato il nazismo un male per la sua stessa nazione.

Non gli avrebbero mai dato una medaglia per il suo contributo.

L'avrebbero spedito lontano, al Nord, dove c'erano ghiacci da osservare e nessuna battaglia da combattere: casa sua, di fatto.

Aveva creato la più incredibile struttura difensiva, ma in guerra, e dopo, si premia chi offende.

Eppure una vittoria è una somma algebrica tra perdite inferte e perdite subite e chi limita le seconde dovrebbe valere tanto quanto chi accresce le prime, ma è un tipo di eroismo riservato ai civili. L'Ingegner Leo non era un eroe, non era neppure un vero militare. Si sentiva uno scienziato: concepiva ipotesi e le verificava. Sul ghiacciaio creò anche una piccola stazione meteorologica. Fece salire un paio di esperti dall'università. Mostrò loro reperti e calcoli.

Disse: «Sbaglio o tra un secolo questo gigante potrebbe ridursi a un nano e poi sparire?».

Ancora una volta lo presero per matto.

Un secolo più tardi un suo pronipote accese il televisore nella mansarda della città universitaria in cui studiava per laurearsi in ingegneria. Seguì distrattamente il notiziario mentre si preparava la cena. Da più di un mese il tema fisso era la guerra scoppiata in Ucraina dopo l'invasione russa. Venivano mostrate le immagini di un'immensa acciaieria, chiamata Azovstal. Si parlava di oltre undici chilometri di altiforni, edifici, ma soprattutto gallerie sotterranee costruite in epoca sovietica per resistere a eventuali attacchi nucleari. Ora, in guerra, era stata trasformata in un bunker. Un numero imprecisato di soldati ucraini, più di mille, forse tremila, e molti civili ci si erano rifugiati, a sei piani sotto terra. Impossibile bombardare, impossibile entrare. Una fortezza inespugnabile nel ventre della Terra, disse il cronista. E aggiunse: niente del genere si era mai visto, niente del genere si vedrà mai più. Il ragazzo prese dal cassetto della scrivania un'eredità tramandata per generazioni: il foglio con il disegno originale della città di ghiaccio progettata cent'anni prima. Lo mostrò al giornalista sullo schermo, in silenzio, come se quello potesse vederlo.

❄

Dentro quella città Andrea si era risvegliato solo e ferito. Che cosa fosse successo non l'avrebbe saputo mai. Gli sarebbe stata risparmiata la notizia della disfatta del suo esercito che aveva portato alla ritirata dal ghiacciaio. Disfatta, ritirata: quei sussurri erano affidabili previsioni. Non avrebbe saputo che i nemici erano scesi a valle festanti, invadendo i villaggi, occupando le case, saccheggiando le credenze e le cantine. Né che, tuttavia, alla fine la guerra sarebbe stata vinta. Non gli sarebbe importato, perché non odiava i nemici, ma la guerra stessa. Non combatteva contro uomini, ma contro quel gigante bianco nel quale era rimasto incastrato.

«Padre...»

Gli rispose un rantolo.

Provò ad avvicinarsi all'ingresso ostruito della stanza dove il sacerdote giaceva. Non riusciva a scorgerlo nell'oscurità, ma gli parve di sentire il suo respiro affaticato. Si inseriva tra il crepitio del ghiaccio e il gocciolio dell'acqua. Era un ritmo sincopato e imprevedibile a cui aggiunse i suoi conati e colpi di tosse. Se erano soli non potevano far altro che morire insieme. I pazzi che avevano costruito quel labirinto se n'erano andati lasciandoli lì, volontariamente o senza saperlo. Forse avevano pensato alla possibilità di un ultimo duello, una sfida terminale fra uomini che sarebbero morti comunque. O li avevano creduti già morti.

«Padre...»

Niente.

«Mi ha ascoltato?»

«... sì.»

«Mi può assolvere?»

Silenzio.

Andrea provò a trascinarsi più vicino, ma la gamba pulsava e aveva ripreso a perdere sangue. Sentiva un dolore anche alla schiena, dove non poteva controllare l'esistenza di una ferita anche lì. Si aggrappò ai bisbigli del prete. Sperò che stesse recitando la formula dell'assoluzione.

«Padre, mi assolve?»

Forse non era la voce, ma un rigagnolo d'acqua.

Gli arrivarono però due parole, distinte: «... la pace...».

Un lungo intervallo incomprensibile: «... santo».

Non finiva proprio così? E non bastava crederlo?

Non sentiva più niente: né freddo, né dolore, né disperazione.

Gli venne un dubbio: «Padre... dove siamo? E perché lei è qui?».

La risposta a tutte e due le domande era nella sua ultima omelia. Il comandante gli aveva chiesto di galvanizzare gli uomini che da mesi vivevano là sotto, dire loro che Dio stava aprendo le porte, preparando il campo per la vittoria. Lui aveva annuito. Ai soldati radunati in quella sala aveva invece detto: «Secondo la leggenda di un luogo lontano, ormai disabitato, che sorgeva ai piedi di un ghiacciaio, un uomo che stava tentando di attraversarlo e c'era quasi riuscito, forse per l'ebbrezza dell'impresa, si distrasse e precipitò in un crepaccio. Ci scivolò come in un tubo, arrivato giù non aveva che ferite leggere. Tentò di rialzarsi, ma capì che la risalita era impossibile e che si trovava prigioniero. Il suono prodotto dallo scorrere di un ruscello gli fece pensare che fosse stata l'acqua a scavare quel passaggio, da cui penetrava un raggio di luce mostrando sfumature di colore su quei muri bianchi che da un lato salivano verso la roccia e dall'altro scendevano verso il fondo. Tanto gli era sembrato meraviglioso lo spettacolo là sopra, quanto era spaventoso quello che intuiva sotto di sé. Era intrappolato a metà strada fra lo splendore e l'orrore. Paralizzato dalla paura, non faceva un movimento. Poi successe qualcosa che gli fece pensare di trovarsi in un sogno: lo spazio in cui giaceva venne inondato di luce, rivelando la sala di un sotterraneo banchetto. Vide un enorme tavolo trasparente e traboccante di cibo e bevande che nessuno dei numerosi convitati toccava. Sembravano tutti ghiacciati. Uomini e donne sedevano o si aggiravano, ma in silenzio, senza parlare tra di loro, con espressioni sconsolate, come se tutto quel ben di Dio fosse per loro irraggiungibile, se il loro presente fosse soltanto un'attesa. Una donna, ancor più triste degli altri, si avvicinò piangendo al ferito che le tese la mano chiedendole aiuto per uscire da quella condizione e tornare all'aperto, riprendendo la sua ascesa verso la cima. Con voce flebile lei gli rispose che poteva aiutarlo soltanto pregando, purché lui avesse fatto altrettanto per lei. In quel modo entrambi avrebbero potuto salvarsi. L'uomo non capiva. Lei gli spiegò che tutti quelli che vedeva lì erano stati gli abitanti di un villaggio, persone laboriose e di buona condotta, ma che in tempi difficili, ricevuta la visita di un santo mendicante, gli avevano negato l'elemosina ed erano stati per questo puniti. Il villaggio era stato travolto da una valanga e le loro anime erano state confinate lì, in quel purgatorio, aspettando per un tempo di cui non conoscevano la fine di essere ammessi alla luce. Castigo, riflessione sui peccati commessi, preghiera purificatrice: questo era il loro cammino. Allora quell'uomo ripensò alla propria vita e vi riconobbe un percorso simile: una generica virtù, macchiata dal peccato di indifferenza che l'aveva indotto ad abbandonare chi aveva bisogno di lui per prendere quella strada sulla montagna e andare verso l'altro versante, che immaginava ricco di promesse. La sua caduta non aveva avuto scampo. La sua ferita non era curabile. Il ghiacciaio era la sua tomba. Era in purgatorio e, come gli altri, poteva soltanto pentirsi, pregare e sperare». Il cappellano aveva concluso: «Noi tutti, qua sotto, dobbiamo fare altrettanto, perché quando usciremo non sappiamo se ci aspetta il paradiso o l'inferno».

Alla fine della messa il comandante era venuto da lui, con un'espressione soave e modi gentili. Avevano chiacchierato a lungo, poi si era alzato e gli aveva detto: «Noi presto usciremo, ma lei resterà in purgatorio». Gli aveva sparato due colpi, uno alla gamba e uno al fianco. Nessuno dei due mortale ma, lasciato da solo in quella stanza senza possibilità di accesso, quando se ne fossero andati il cappellano sarebbe morto dissanguato.

Stava per succedere. Era già successo.

Andrea non udì altro. Presto l'avrebbe seguito. La vita è un campo di evenienze: non lo sapremo, non da vivi, se siamo stati il sogno di qualcun altro, non sapremo se e che cosa resterà di quel che siamo stati, né se siamo stati perdonabili. Scegliamo una risposta e ci illudiamo che sia quella giusta. Andrea volle pensare che sì, era stato perdonato, se non da Canio, da quel prete per conto suo.

Sentiva le forze mancargli. Prese la sua piastrina e l'aprì. Dalla tasca della giacca estrasse un foglietto di carta e un mozzicone di matita. Voleva scrivere chi era stato, definirsi per sempre. Decise che gli estremi erano la maniera per farlo. Scrisse: «Ho amato mia moglie, ucciso un amico. Andrea Darman». Il mozzicone gli cadde di mano e rotolò a troppa distanza. Richiuse la piastrina e si abbandonò contro la parete. Con le dita sentì qualcosa di acuminato: un chiodo. Lo prese. Tracciò qualche segno sulla parete, come un primitivo nella sua caverna, ma del suo disegno non sarebbe rimasto nulla. Abbozzò la gabbia della teleferica e i fili che la muovevano. Aggiunse quadrati e rettangoli per baite, case, chiese; cerchi su linee verticali e orizzontali per uomini e donne, sugli sci, coprì di graffi la neve gelata. Vide il futuro, mentre moriva.

Primo intervallo

Un popolo di imprenditori, papi e testimonial (1918-1986)

«La nostra ospite di questo pomeriggio si chiama Caterina De Zolt ed è stata la prima cassiera della funivia del ghiacciaio M, la prima e quasi l'unica, finché, la scorsa settimana, è andata in pensione, dopo quanti anni?»

«Cinquanta.»

«Cinquant'anni alla cassa. Ma lei quante volte è salita sulla cima?»

«Una, all'inizio. E un'altra dopo molti anni perché dovevo portare su una cosa a una persona. E poi ancora l'ultimo giorno, perché il signor Motta ha voluto premiarmi e ci teneva a farlo proprio sulla vetta.»

«Tre sole volte in cinquant'anni?»

«Il mio lavoro era alla cassa. Non volevo disturbare la montagna per niente...»

Il conduttore sorrise, per una volta in modo naturale.

«E come ricorda l'inizio? La costruzione della funivia? Come ha avuto questo lavoro?»

«Era come le piramidi. Lo dico sempre, anche se al tempo delle piramidi io non c'ero... ma ho visto dei disegni ed era proprio una cosa così. C'erano tutti quelli, allora erano schiavi, da noi invece operai pagati, che trasportavano le pietre, tutta una valle piena di gente che lavorava per fare qualcosa che non s'era mai visto prima. E da noi, uguale: un gran traffico di betoniere, luci accese anche di notte, cantieri dappertutto, la diga, gli alberghi, giorno dopo giorno, estate e inverno, con il sole e con la pioggia e, ovviamente, anche con la neve. E ne veniva di neve, in quegli anni, in quegli inverni. Una volta han dovuto fermare i lavori per spalarla e ci han messo una settimana.»

«Una grande opera, ma anche una grande fatica, quindi.»

«Una grande benedizione, soprattutto.»

«Addirittura?»

«Un'idea venuta dal cielo e che in cielo tornava. Io ci sono nata, da quelle parti, e si viveva male, si era tutti poveri. Agricoltura, un po' di pascolo, i formaggi, nient'altro. Poco. Andavano tutti via: all'esempòn...»

«Dove?»

«È un modo di dire, una storpiatura. Eisenbahn, ferrovia, in tedesco. Tanti andavano in Germania a mettere giù le rotaie, a fare l'eisenbahn, solo che la chiamavano esempòn. Altri in America, in Australia. I più disgraziati in Belgio...»

«Disgraziati, perché?»

«Perché lì andavano in miniera. Là sotto uno su tre era italiano, ma se parliamo di morti erano uno su due. Un mio zio è seppellito là. Con la faccia nera, se l'aveva ancora. Io sono andata in Svizzera con mia sorella più grande. Lei faceva i lavori di casa, a me che ero più piccola m'han presa in un negozio. Ho sempre venduto qualcosa. Il giorno che i miei c'han detto di tornare, che c'era lavoro a casa, non ci credevamo, non potevamo immaginare che stessero facendo...»

«... le piramidi...»

«Sì! Che poi nei paesi i Motta li chiamavano proprio: i faraoni, perché facevano le cose in grande. Avevano i soldi, avevano venduto le centrali elettriche allo Stato. Così siam tornate a casa, abbiamo abbracciato mamma e papà, che già non stava più bene, ma ha voluto lavorare pure lui per la funivia. Come noi tante famiglie si sono ritrovate, c'era una festa al giorno e la domenica a messa la chiesa era piena: s'andava a dire grazie, ch'era successa questa cosa bella, ch'era un disegno della provvidenza. Venne anche il vescovo a benedire l'inizio dei lavori, lo sa?»

«Ma la cassa non c'era ancora... che lavoro faceva?»

«Stavo alla mensa, con mia sorella. C'erano cento operai da

sfamare, più gli ufficiali, come chiamavano gli ingegneri e i geometri...»

«Era una specie di guerra?»

«Guardi, lei scherza, ma i vecchi dissero che sembrava davvero un po' come quel tempo là, solo che era felice, questo. Di fatto si andava a conquistare la montagna. Si portavano su gli arnesi con le stesse teleferiche. Cioè, fatte uguali: come grandi gabbie per conigli. Chi lavorava lassù, d'inverno, con la neve, a volte non scendeva per giorni, per settimane. Dormiva nelle grotte rifugio che avevano scavato i soldati. Mandarono su delle donne, come allora, solo che nel nostro caso erano delle cuoche, per cucinare, che quelli non morissero di fame. E non è morto nessuno, mica come nelle miniere. C'erano delle regole e si seguivano. È stata dura, ma prima un tronco, poi tutti e tre, proprio come le tre piramidi. A quel punto finirono la stazione, la cassa e mi offrirono il posto. Ho visto il collaudo, ho staccato il primo biglietto...»

«E avete vissuto felici e contenti da allora?»

«Non tanto. L'eccitazione è finita. Le betoniere sono tornate indietro. I cantieri hanno chiuso. Gli alberghi c'erano, ma non erano pieni. E sempre di fare i camerieri si trattava. Le scuole sci avevano pochi iscritti. Avevamo una gran pista ma non era famosa come le altre, perché siamo arrivati dopo e con meno fanfara, è nel nostro carattere...»

«E allora?»

«Allora ci voleva un miracolo...»

→

Durante l'invasione nemica il Piccolo aveva dovuto chiedere l'elemosina. Altro modo di mettere qualcosa in tavola non c'era. Oltre all'avanzata dei soldati c'era stata anche quella del ghiacciaio, a coprire i pascoli e la terra. Guadagni non se ne facevano: il capofamiglia stava chiuso in casa a guardare la neve e contarne i centimetri con il metro dell'esperienza. La prima moglie, madre del Piccolo, era morta partorendone la sorella e il padre si era risposato con una donna che tutti i bambini, quelli suoi e quelli dell'altra, chiamavano "mamma" avendo imparato a farlo per affetto autentico, senza imposizione né incertezza. Sei bocche, sei attese quotidiane che non soddisfare, nella mente dei genitori, era peccato mortale. Perché altrimenti le avevano portate in questo mondo? Al Piccolo la questua non dispiaceva. Non se ne vergognava, la considerava una scuola di vita. Imparava a conoscere le persone, a distinguere i generosi dagli altri. Non era soltanto una questione di dare, ma di come farlo. I generosi, quelli veri, lo facevano con una specie di pudore, senza farsi notare. La loro mano indossava il guanto della pietà, i loro occhi le lenti della comprensione. Davano e si allontanavano, a testa bassa. Il Piccolo era sicuro ringraziassero Dio perché non era toccato a loro, consapevoli che avrebbe potuto. Aveva imparato, anche, a non curarsi degli altri, degli esibizionisti che davano meno facendosi notare di più, di quelli che attraversavano la strada appena lo notavano e, men che meno, di chi gli passava accanto sibilando qualcosa che, quando risultava comprensibile, era un'offesa. Questa era stata la lezione più grande: non giudicarli, non condannarli, non pensarli. Accettarli e andare per la sua strada, cercando gli altri, i generosi, e portandoli a esempio.

Quando il Piccolo entrò in seminario, in paese si disse che lo aveva fatto per disperazione, non per scelta. La sorella non poteva andare in convento perché aveva "un problema", la cui natura non fu mai chiarita, ma declinata in almeno una decina di diverse supposizioni. Quale fosse giusta non si seppe mai: la bambina, poi ragazza, poi donna, non usciva di casa e lì custodiva "il problema" al quale il ritegno non assegnava un nome. Fratellastro e sorellastra, arrivati dopo, avevano doveri minori e susseguenti: toccava al Piccolo. Quel che nessuno sapeva, tranne la madre, poiché non la si poteva proprio chiamare diversamente, era che avesse davvero desiderio di farsi prete, anzi parroco, di servire Dio e la comunità. Eppure fu proprio lei a dirgli: «Se capisci che non è la tua strada, però: torna. Questa è la tua casa e sempre lo sarà».

Non tornò. Figurarsi la sorpresa del paese e della famiglia, stavolta inclusa la madre, quando fu nominato patriarca della città di Venezia, che era grande e famosa nel mondo. Fu una scelta strana da parte del papa, nessuno in Vaticano se l'aspettava. Lo aveva colpito quel sacerdote così genuino e schietto, quell'omino soavemente determinato. Aveva pensato, con molta semplicità: è di quelli come lui che abbiamo bisogno, lottatori mascherati.

Aveva sconvolto tutte le parrocchie e le diocesi, lo fece anche a Venezia. Disdegnava le insegne e le distanze. Un giorno, mentre passeggiava per le calli come un prete di campagna, con il cappello calato sugli occhiali, un'anziana che sbatteva il tappeto fuori casa lo fermò e gli chiese: «Lei che è del giro, che cosa pensa di questo patriarca che c'han mandato?».

«Se me lo domanda è perché ne pensa lei. E allora sono io che le chiedo: che cosa ne pensa?»

«Mah... appunto... è strano, è uno di montagna, sarà quello, lassù han sempre la neve, il ghiaccio, non sono abituati...»

Non spiegò a che cosa.

Il Piccolo patriarca annuì: «Sarà per quello...».

Si toccò il cappello e proseguì.

Chissà se quella donna lo riconobbe quando fu eletto papa. E chissà lo stupore. Lo provò anche lui. Da due giorni girava lo sguardo intorno ai tavoli del conclave chiedendosi: «Dove sono i generosi?».

Come inizio del pontificato decise di cercarli e metterseli intorno, cacciando tutti gli altri. S'era dato nome Primo, perché intendeva essere come nessuno in precedenza. Morì poco dopo. Le circostanze furono oggetto di speculazioni, ma non fu provato nulla di diverso dal decesso per cause naturali. In un film di successo internazionale si assisté al suo avvelenamento e chiunque si fosse messo all'altro lato della fila di fedeli andati a porgergli l'estremo saluto avrebbe udito molti, la maggioranza, allontanarsi dicendo la stessa frase: «Era verde!».

Il successore si pose nome Secondo, ma non camminò nel

solco. Era robusto e vigoroso, con grandi occhi celesti. Veniva da lontano, ma come primo viaggio volle andare nel paese del papa Piccolo a rendergli omaggio. La notizia colse alla sprovvista l'amministrazione locale. Nessun papa era mai venuto, neppure era passato. Quello che adesso chiamavano "loro" anche se ne avevano sparlato più di quanto l'avessero rispettato, quello non ne aveva avuto il tempo. Si seppe che al papa Secondo piacevano molto i fiori e fu deciso di addobbare ogni angolo, ogni balcone. Peccato non ne avessero: non era terra per farne sbocciare. Le esondazioni di gerani che il pontefice sognava avvenivano sul versante opposto, abitato dai nemici in guerra ora diventati parte della stessa nazione. Il sindaco del paese chiese a quelli dall'altra parte della montagna la disponibilità a contribuire. In un pomeriggio d'autunno partirono convogli carichi di fiori, militarizzati come andassero a combattere. Salirono i tornanti, superarono il passo e discesero a valle conquistandola con i colori e i profumi.

Soltanto quel giorno la guerra finì veramente.

Il papa Secondo arrivò in tarda mattinata, sotto una pioggia così fitta che neppure i più vecchi ricordavano di aver mai visto. Uomo intagliato nella scorza, non si scoraggiò. Celebrò la messa su un palco nella piccola piazza gremita. Lo riparavano due ombrelli tremanti tenuti da parroco e sindaco del paese. Terminata la funzione, si recò nella canonica della chiesa dove era stato preparato un pasto in suo onore: polenta, cacciagione, formaggi, vino rosso. Mangiò voracemente, poi si ritirò a pregare, inginocchiandosi sul pavimento. Quando si rialzò la pioggia aveva rallentato fino a cessare. Chiese di salire sul ghiacciaio in funivia. Era un fuori programma. Ci fu scompiglio e panico da organizzazione. Il costruttore dell'impianto, Enrico Motta, si ritenne miracolato e accorse per accompagnare lui stesso il papa durante l'ascesa. Nella cabina viaggiarono con loro una guardia del corpo e il sindaco del paese. Al primo pilone, nel cielo lavato, apparve ai loro occhi un arcobaleno. Il papa sorrise, guardò il costruttore della funivia e, nella sua lingua incerta, disse: «Dovete portare qui sopra gli atei quando fa così. Se non si convincono di Dio guardando questo...». Tutti risero. Il costruttore pensò quanto sarebbe stato favoloso poter usare quella frase come slogan pubblicitario, ma il papa non aveva accettato neppure di essere fotografato mentre saliva in cima. Accanto alla stazione d'arrivo si trovava una piccola grotta. Era stata usata come postazione durante la guerra. Nella feritoia era stato messo un vetro. Il panorama da lì era straordinario, figurarsi quel giorno. Il papa volle visitarla, si fermò al centro e pregò per le anime dei caduti, di tutti i caduti, ci tenne a sottolineare. Poi chiese che fossero portati dei fiori, scelti tra gli addobbi rimasti in paese, ed espresse un desiderio, così lo definì, pur sapendo che stava impartendo un ordine: «Qui ci starebbe bene una statua della Madonna. Che i vostri artigiani di legno sono così bravi a fare...». Un contatto radio fu avviato, il costruttore e il sindaco si lanciarono in una caccia alla Madonna di legno, doveva pur essercene una.

Il papa quando lo capì rise. «Non oggi» disse. «Oggi scio» aggiunse.

Gli sci, quelli c'erano. Gli scarponi anche. Il ghiacciaio era stato srotolato per l'occasione, lindo e luccicante. Raramente la pista era stata così bella, forse mai. Il papa si mise in testa una cuffia bianca che la guardia del corpo aveva portato nello zainetto per ogni evenienza, anche se non aveva immaginato quella. Sorrise e si diede la spinta per partire.

Il costruttore e il sindaco non rievocarono mai insieme l'avvenimento, ma separatamente entrambi raccontarono, risultando quindi più affidabili, benché increduli, di avergli sentito dire, nell'istante in cui si lanciava: «Oplà!».

Tutti gli abitanti del paese si erano radunati in fondo alla pista, intorno alla stazione di partenza della funivia. Videro uno sciatore bianco apparire sul ghiacciaio e scendere come se volasse. Qualcuno disse: «È un angelo». Qualcun altro: «È il papa». Ci fu una ola di sorrisi, interrotta da una maligna profezia: «Adesso cade». Rimase in piedi, invece. Si fermò prima della fine della pista, ai margini del bosco. Si girò e guardò all'insù, verso i ghiacci che aveva appena solcato. Piantò i bastoncini nella neve e si fece il segno della croce. Una voce sussurrò: «Amen». Un'altra: «Però, che pubblicità!».

→

La riunione era cominciata da un'ora e nessuno aveva ancora portato un'idea convincente.

«Il vecchio fondatore che dia il senso della tradizione.»

«I boschi di notte, poi un sorso che porta il raggio dell'alba.»

«Il legno, un tronco, i cerchi che segnano l'età: l'invecchiamento come risorsa.»

Tutte bocciate. Ci provò l'ultimo arrivato, fresco di università e di quella cosa che gli anziani nominavano con una piega della bocca: il master. All'estero, per giunta. Parlare inglese, credersi padroni del mondo. Vent'anni dopo, quando i pubblicitari sarebbero diventati protagonisti di una serie televisiva americana, lui aveva cambiato mestiere e l'avrebbe guardata sospeso tra incredulità e rammarico: «Non era così, ma avrebbe potuto esserlo». All'epoca si sentiva un incrocio fra un esploratore e un ideologo. Un sofista, l'avventuriero del pensiero. Non c'era un'idea giusta, ma soltanto un'idea adatta. Aveva un suo metodo per proporla, applicato nelle esercitazioni del master, ma che provocava insofferenza nella realtà di quell'agenzia.

Esordì: «C'è quell'altro liquore che ha centrato il bersaglio creando, come dicono, un'atmosfera. Noi dovremmo cercare di andare oltre, allargarci, creare un ambiente. Appropriarcene, determinare un'equiparazione tra la nostra grappa e quel luogo, che deve essere inusuale, affascinante ma al tempo stesso noto, tradizionale. Un'eccellenza nostrana. Però qualcosa a cui si guarda, non disponibile, come il nostro prodotto: qualcosa a cui tendere».

Già qualcuno sbuffava, voleva la soluzione del mistero. Non ancora, ragazzi.

«E poi l'effetto, quel calore che dà freschezza, quel senso di pulizia. L'alcol ripulisce il palato, giusto? Con la grappa si fa il resentin nel caffè, no? Poche gocce nella tazzina alla fine per lavarla e sentire il gusto nuovo. Insomma, tutto punta verso la montagna, ma non i boschi, più su. I boschi sono intricati, oscuri, quando ci sei in mezzo non vedi la strada, devi sollevarti. È quello che dobbiamo fare anche noi.»

Fece una pausa, come aveva programmato, a metà del discorso. Il direttore dell'agenzia scarabocchiava su un blocco di fogli. Notò che aveva disegnato una grande freccia con la punta in alto. E continuava a ripassarla. Segno, buon segno: l'idea lo stava coinvolgendo. Era il momento di far capire in che direzione si muoveva quella freccia.

«Immaginiamo di partire da un'immagine di città, scura, frenetica, vorticosa, come un caffè in fondo alla tazzina, e poi, rapidamente, non più di tre secondi, imboccare una strada che via via diventa libera, al posto dei palazzi la campagna e poi, ecco, file di alberi, abeti, sempreverdi, la foresta, la montagna...»

Altra pausa, più breve.

«Le rocce, grigie e rosse, soprattutto quelle rosse, ma non è lì che siamo destinati, noi andiamo ancora più su, sempre più in alto, verso la purezza, quella dell'alcol e quella del... ghiacciaio. Eccoci: le nevi eterne, lo strato di cristallo scintillante sotto il sole, la trasparenza del ghiaccio, ogni cosa è immacolata, è intatta, è per sempre...»

Stavolta nella pausa si inserì un obiettore: aveva visto il direttore disegnare un punto interrogativo.

Disse: «Bello. Sì, molto bello ma... letteralmente... freddo. Manca il fattore umano».

Sapeva che quello era uno dei punti fermi del direttore, la sua ossessione. L'ultimo arrivato non aveva finito: «Ci stavo arrivando. Immaginate Davis, il presentatore, il più popolare. L'avete sempre visto nella scatoletta: signore e signori buonasera, quando è nato Michelangelo, dirige l'orchestra il maestro... In realtà Davis è un eroe, un personaggio da romanzo d'avventura. Non solo ha vissuto all'estero per anni, in Inghilterra e nelle Indie, ha perfino fatto una guerra, ha un ginocchio ricostruito. E anche così va a cavallo, guida un'auto da corsa, ma soprattutto scia e pilota. E dunque, non solo fin qui è freddo, ma è anche bianco. Troppo freddo e troppo bianco. Mancano calore e colore. Ma se il ghiacciaio è il posto, l'evocazione che funziona, eccolo arrivare, Davis, con una bella giacca a vento rossa...».

«Sciando? Sarà irriconoscibile... cuffia, occhialoni, guanti, tuta...»

«No, sarà estate, il ghiacciaio è lì, sempre. Lui ha solo la giacca rossa e una camicia bianca.»

«E cosa ci fa lassù? Scala? Che fatica! Grappa e sudore?»

«No, lui sta sopra...»

Intervenne il direttore: «E dove? In cielo?».

«Esatto. Vede, ho letto un libro di storia sulla guerra in alta montagna. Raccontava che a un certo punto un generale, figlio del più famoso tra i generali, Garibaldi, per conquistare una roccia in mano nemica, che era inaccessibile arrampicandosi da sotto, ebbe l'idea di far salire una pattuglia armata in mongolfiera e prenderli di sorpresa. Quindi noi mettiamo Davis sulla mongolfiera. Proviamo a visualizzarlo: un pallone a spicchi, blu, giallo, verde, arancio, alimentato da una fiamma, colore e calore, Davis vestito di rosso come avesse la divisa garibaldina e, sotto, tutto il bianco lucente del ghiacciaio, dopo che siamo fuggiti dal marcio e dal grigio della città. Resentin, cambio di gusto. Aria pura, liquido puro. A questo punto Davis deve soltanto alzare un braccio dal bordo del cestone della mongolfiera e mostrare il bicchierino, fare un brindisi e dire qualcosa tipo: la nostra grappa ti porta in alto.»

Il direttore parve commosso.

Domandò: «Come è poi finita con la mongolfiera del generale?».

«Quella non è mai partita.»

«Ma era una bella idea. Come questa. Facciamola.»

Secondo sogno
(1987)

Ghiacciaio M

Estensione: 280 ettari
Profondità: fino a 29 metri
Aspettativa di vita: 100 anni

Se tutto è turismo, anche la guerra, allora. C'è gente che va a visitare le case dove sono stati commessi delitti famosi, c'è chi annusa le fredde ceneri dei massacri e c'erano quelli che sciavano sulle piste della grande guerra. Partivano appena fatto giorno, i chilometri da fare erano poco più di ottanta, una trentina con gli sci, il resto con gli autobus e una minima parte su slitte trainate da cavalli. Era lì che si divertivano di più: gridolini e risate di circostanza a ogni scossa sulle cunette di neve. C'era sempre qualcuno che veniva sbalzato e cadeva. Risate più forti. Gruppi di una decina, al massimo. Andrea Darman era una delle guide sul percorso. Aveva quarant'anni e lo faceva da dieci, due volte a settimana: di più sarebbe impazzito. Le lezioni di sci non gli bastavano per vivere. I recuperi dei cimeli erano finiti. Intagliava il legno, ma lo faceva per sé, non vendeva niente di quel che creava. Dubitava che qualcuno lo avrebbe comprato, non erano i soliti soggetti, non sapeva neppure lui perché ma insisteva con Biancaneve e i sette nani, lei sempre la stessa, loro di volta in volta calciatori, presidenti americani, papi. La trasportavano, addormentata, su un lenzuolo. Ne aveva già undici serie, custodite in un armadio dello stesso materiale.

Il giro della guerra non era impegnativo, si trattava soltanto di non perdere tempo nei collegamenti per riuscire a finire prima del buio, che a dicembre arrivava presto. A ogni tappa spiegava un po' di storia, rievocava qualche battaglia, estraeva dalle tasche un bossolo; dallo zaino una gavetta; dalla memoria un aneddoto. Sapeva per esperienza quali funzionavano. Piaceva molto quello del soldato che sospinge con la baionetta verso il suo insediamento un nemico appena fatto prigioniero. Ogni tanto l'altro si gira e dialogano con una specie di familiarità. Quando arrivano, il soldato annuncia fiero al capitano: «Ho preso mio cognato!». Risate.

C'era sempre qualcuno che commentava: «Allora è stata una guerra civile».

Andrea obiettava: «No. Questa è un'illusione ottica. La guardiamo con il senno di poi, perché adesso abbiamo la stessa nazionalità di una parte dei nemici. Ma allora si apparteneva a paesi diversi, anche se in molti parlavano la stessa lingua».

«Possiamo dire fratricida, allora?»

«E quale guerra non lo è?»

Prima che qualcuno potesse rispondere in modo da fargli perdere la pazienza raccontava un altro aneddoto: di solito quello del generale che badava bene a correggere la mira del cannone in modo che risparmiasse la casa dell'amico sull'altro versante, anche se quell'amico indossava un'altra divisa.

Se c'erano ex nemici, prima di arrivare al ghiacciaio M, che era quasi a metà strada, qualcuno inevitabilmente sbatteva loro in faccia: «Sì, però alla fine abbiamo vinto noi».

Per evitare che nel resto del giro il gruppo si scindesse in due parti, Andrea diceva quello di cui era convinto: «Ha vinto la montagna, ha vinto il ghiacciaio. A un certo punto non ne ha potuto più di quegli insetti che la tormentavano e li ha spazzati via. Non ce l'hanno fatta a resistere. Questa è la verità: il ghiacciaio si è rotto i coglioni».

Mentre la risata scoppiava una volta ancora, aggiungeva sottovoce: «E anch'io».

Faceva scattare gli attacchi sugli scarponi e ripartiva. Di tutte le guide era l'unica a non aver mai tardato una sola volta. Mai un incidente. Non uno sciatore disperso, o lasciato indietro. Non che non lo avesse desiderato.

«Scusi la domanda, che cos'è quella targhetta?»

«Quella scatolina?»
«Quella medaglietta?»
Di solito era una donna a chiederlo.
«È un ciondolo?»
«È un souvenir?»
«È ruggine quella?»
Invece di rispondere si rifugiava in un altro aneddoto. Iniziava come fosse una barzelletta: «Non vi ho ancora raccontato quella delle sagome...».
Proseguiva: «C'era questo fatto che, per quanto gli sparassero, i nemici...».
A volte ammorbidiva: «... i nostri avversari...».
Come fosse stata una partita di hockey su ghiaccio.
«... non cadevano mai. Sembravano invulnerabili, lassù, vedete, dietro quelle rocce.»
Qualsiasi roccia andava bene, non era chiaro dove fosse accaduto: era una leggenda, era un fatto storico.
«E dunque un giorno a uno degli ufficiali venne un sospetto, ma così folle che anche lui faticava a parlarne. Aspettò. Il giorno dopo l'aveva ancora. Si fece portare il binocolo, ma la distanza era tanta, c'era anche nevischio, eppure... Chiamò due uomini e diede gli ordini. Quelli erano terrorizzati. Disse loro: "Credo che siano morti, restano appoggiati alle rocce, non rispondono mai al fuoco, avete notato?". I due l'avevano notato, ma se poi stavano solo aspettando che il bersaglio, cioè loro due, si avvicinasse? O se dietro i presunti cadaveri c'era qualcun altro, vivo e armato? L'ordine dell'ufficiale non mutò di certo per i loro timori, dovettero andare. L'ufficiale li seguì con il binocolo. La faccio breve: quelli arrivarono incolumi, nessuno ad aspettarli. Fecero segno che tutto andava bene. L'ufficiale si portò le mani ai lati della bocca per fare da megafono. Urlò: "Sono mooortiiiiii?". I due fecero altrettanto e risposero: "Nooooo. Sono fintiiiiii!". Erano delle sagome di ferro. Per dimostrarlo perforarono la testa a una con la baionetta, che rimase incastrata...»
Ma quanto potevano ridere quegli sciatori in gita?

L'eco della giornata si spense. Calò il silenzio. L'impianto di risalita si fermò con un singhiozzo. Gli sciatori erano già tutti tornati negli alberghi a riscaldarsi. Andrea esitò nel parcheggio ormai deserto. Era rimasto soltanto un suv bianco, il cui colore cercava di temperare l'arroganza della dimensione mimetizzandosi con l'ambiente. Guardò oltre: alla stazione di partenza della funivia vide qualcuno entrare, parlare brevemente con gli addetti, andare alla cabina. Un altro singhiozzo e l'impianto ripartì, soltanto per quel passeggero. Andrea rimase a guardare, incuriosito. Qualche minuto più tardi distinse, in alto, un puntino che si muoveva sulla neve descrivendo una traiettoria sinuosa. Scese con rapidità ed eleganza. A fondo pista si rivelò una donna. Sciolse i lunghi capelli biondi, scosse la testa, sfilò gli sci e li venne a caricare sul suv bianco. I loro sguardi si incrociarono per poco più di un secondo. Andrea si affrettò alla stazione sentendo alle sue spalle le gomme addentare il ghiaccio.

«Fate risalire anche me? O solo...?»

Ricevette un forzato cenno d'assenso. Dalla vetta sciò alla sua baita mentre già la luce stava scomparendo dietro le cime e il ghiaccio aveva smesso di brillare. A quell'ora tutto il rumore e tutto il fulgore si trasferivano dalla montagna alla vallata, che si accendeva senza risparmio. Stava a duemila metri, isolato, nel rifugio di famiglia. Era stato lui a trasformare quella capanna in abitazione. Nessun altro aveva o avrebbe osato vivere in quella posizione per timore delle valanghe e per insufficiente capacità di scendere in qualunque condizione. Quando si era trasferito lì, guardando giù vedeva poco più che un presepe, ora c'era un puntaspilli di luci. Appoggiò gli sci alla parete esterna, sedette sulla panca per slacciarsi gli scarponi e li posò attentamente, allineati, con le punte simmetriche rivolte a valle. Infilò i guanti sui bastoncini, poi cambiò idea e li riprese: avrebbe venduto anche quelli. Erano tra i cimeli più importanti, avevano quasi un secolo, erano appartenuti a un soldato nemico. Li portava per fare scena quando guidava la comitiva di sciatori nostalgici. Quelli, e altro: un bossolo modificato per farne un fischietto, utile a richiamare chi restava indietro in discesa; una matita, con cui teatralmente scriveva i nomi dei partecipanti, usata per lettere mai spedite ("Sapete che mi trovo in una profonda grotta, che a scrivere ci vuole una lanterna. Il mio lavoro consiste di giorno a cucinar patate, di notte a sorvegliar che il nemico non passi, se mi vedono sparano il Dundun che se la palla mi piglia mi manda in piano, ma finora grazie a Dio mi han lasciato stare. E prego perché suonino le trombe della pace"); una gavetta da cui offriva caramelle mentolate per favorire la respirazione in quota; un coltellino con cui a fine corsa intagliava ogni volta una tacca su una tavoletta proveniente dalla città di ghiaccio. Sulla freccia di legno era scritto a vernice rossa "300", verso che cosa puntasse non si poteva sapere, una distanza, una quantità, un manipolo di eroi sul cui numero, a varie riprese, la storia conveniva.

Entrò finalmente in casa. Di fatto: un piccolo museo della guerra. Suo padre, nato già orfano da un soldato disperso, era stato fin da bambino sospinto sulla montagna per guadagnare con i morti. Lo Stato pagava per ogni scheletro recuperato e, dieci volte di meno, per ogni elmetto. Andrea staccò dal gancio quello a cui aveva applicato i manici per usarlo come secchio e lo mise sul divano, dove ammucchiò tutto il resto che presto sarebbe diventato merce. Suo padre era salito sul ghiacciaio a cercare cimeli per la prima volta a dieci anni, da solo. La mamma gli aveva messo sulle spalle lo zaino e una raccomandazione: «Torna quando sarà pieno o quando farà buio, non prima». Il bambino, come i cercatori di funghi, aveva i suoi posti, i suoi metodi. Imparò in fretta che cosa valeva e quanto. Nelle giornate migliori si permetteva di scegliere e lasciare. Nelle altre tutto poteva avere una funzione, di uso se non di rivendita. Munizioni, barattoli, cinghie, la scatoletta alimentare con la scritta "Antipasto La Vittoria": quel che non valeva di per sé poteva essere riutilizzato. I bossoli di ottone come portafiori, le schegge di bomba come pugnali, le mostrine come ornamenti per collane e braccialetti. Sfiorò la morte, attraverso il soffio del suo racconto, poi la incontrò nei volti di cadaveri affiorati sotto il tocco, seppur cauto, della vanghetta: corpi decomposti nelle uniformi infradiciate, le calzature a pezzi, il cuoio delle cinte mangiato dagli insetti. Quando erano interi.

Gli era capitato di trovare un paio di scarpe in accettabili condizioni. Pensò di sostituirle alle proprie, a cui aveva dovuto far girare intorno un fil di ferro perché non si aprissero. Erano troppo grandi per lui, ma poco importava. Il vero problema si rivelò un altro: la sinistra ancora conteneva un piede. Trovò anche un fucile stretto dal braccio che una granata aveva divelto dal resto del corpo. Niente di questo spaventava il bambino, gli sembrava naturale come il paesaggio in cui era immerso. Di fronte a quei ghiacci la vita umana era un sussulto appena, durava una stagione, non influiva che su se stessa. Rispettarla era un lusso che non poteva concedersi. C'era chi scavava nei cimiteri militari in alta quota, tra le brevi file di povere croci, smuovendo la terra fino a trovare un teschio, buttandolo nello zaino e ricoprendolo, poi portandosi via anche la croce per farne legna da ardere, cancellando per sempre l'ultima traccia di quell'uomo: il suo nome.

La necessità prevaleva su ogni forma di riguardo o scrupolo. La montagna non era più una minaccia da non affrontare. I suoi segreti erano stati svelati, le sue furie stavano diventando prevedibili: era tempo di rivincite, anche se affidate a una nuova generazione. Non rivendette tutto quel che trovava. Mise da parte i suoi tesori, gli stessi che ora Andrea lanciava sul divano accanto alla gavetta, ai guanti, all'elmetto. Cose a cui il tempo aveva aggiunto anni e tolto valore, che suo padre aveva voluto raccogliere in quella baita. Lui le guardava con gli occhi della nostalgia: non vedeva gli oggetti, ma la sua infanzia e adolescenza, lo sguardo fiero di sua madre quando le consegnava il bottino. Fino al giorno in cui, anche lui, mise nello zaino il teschio, trovato scavando sotto una croce senza nome. Lei sganciò la fibbia, allargò il cordone, guardò quel che restava di un uomo, rimase immobile per qualche secondo, poi disse: «Questo no. Portalo via, rimettilo dove stava!».

«Perché? Lo pagano bene!»

«Riportalo su!»

«Ma non c'era neppure un nome, sulla croce...»

«Potrebbe essere tuo padre!».

Il bambino sentì un brivido, ebbe più freddo di quando stava a duemila metri d'altezza. Prese il teschio, lo rimise nello zaino e si allontanò verso il proprio letto. Lo vendette il giorno dopo e quella volta, come tutte le altre in cui portò resti umani, tenne i soldi per sé. Poteva essere suo padre? Almeno così sarebbe servito a qualcosa.

Quel che di lui restava lo trovò il nipote che portava il suo nome.

Andrea preferiva l'estate. Era la stagione della sua solitudine. A fine aprile si toglieva gli sci e li rimetteva a novembre. Che la pista sul ghiacciaio ora rimanesse aperta tutto l'anno non lo interessava: non intendeva farci lezione. Sapeva che in alcune grandi città i supermercati funzionavano ventiquattr'ore al giorno, sette giorni su sette, ma perché fare la spesa alle tre di notte? Era un inconsapevole seguace dell'Ecclesiaste: a ogni cosa il suo tempo. Perché praticare sport invernali a luglio? Non capiva l'ambizione di rendere ogni cosa disponibile in qualsiasi momento. Non era un modo per ridurne il valore? Come poteva durare un desiderio se poteva essere sempre soddisfatto? Vivere lassù significava vedere ancora le variazioni, sentirle arrivare o esserne sorpresi, ma conoscere la forza dei cambiamenti e farla propria assecondandoli. Quel che veramente lo attraeva era sconvolgere l'ordine assegnato: diventare più spericolato crescendo, esaurire la saggezza a trent'anni, passare gli inverni in compagnia e le estati, le lunghe estati, da solo.

Esistevano percorsi organizzati sui sentieri della grande guerra anche e soprattutto nei mesi caldi, quando era possibile accedere alle postazioni militari, ma lui non aveva mai voluto diventarne una guida. Troppo rischioso. E già sopportava a fatica gli sciatori, figurarsi gli escursionisti. Solo pensandoli evocava il chiacchiericcio. Lo sciatore almeno scende in silenzio, l'escursionista sale parlando. Il non professionista, il turista, l'avido di storie e particolari. Non gli basta l'aneddoto all'arrivo, ha domande sul percorso, che il vento non spazza via. Aveva deciso tempo prima che sei mesi con l'umanità gli potevano bastare. Negli altri sei restava con se stesso. Era una sua teoria: le persone sole tendono a diventare migliori. Non hanno paragoni che suscitino l'invidia. Riflettono prima di parlare, poi non lo fanno. Non si lasciano scappare fesserie. Immaginano, invece di supporre apertamente. Sfiorano l'inesistenza dei confini, evadono la legge consacrata dei limiti, credono al superamento del possibile. In un tramonto d'agosto, seduto da solo su una roccia, chi non avrebbe la tentazione di salire, se non al cielo, almeno qualche centimetro più in alto della propria banalità?

Andrea aveva smesso di cercare cimeli e forse proprio per questo li trovava. Poi, come certi pescatori che rilanciano i pesci in acqua, li rimetteva dove stavano, a volte neppure li toccava, limitandosi a guardarli e lasciandoli al prossimo sguardo sufficientemente attento. Tutti, tranne uno.

Della città di ghiaccio non era rimasto nulla, a parte la leggenda. Senza le fotografie non ci si sarebbe neppure creduto. Dopo il suo abbandono le strutture erano crollate, il ghiacciaio l'aveva riconquistata e sepolta sotto i suoi strati. Lo scioglimento progressivo aveva riportato in superficie qualche reperto: armamentari, segnaletica, contenitori per viveri. Cose di nessun valore, neppure simbolico, appartenute a un vincitore soltanto temporaneo.

Andrea era uscito per allenarsi dopo un leggero infortunio alla caviglia. La giornata era mite, la gamba rispondeva bene, si era allontanato dalla sua baita e aveva deciso di tornare appena l'ombra fosse arrivata nel punto verso il quale lanciava i sassi che raccoglieva. Aveva regolato la gittata e ogni tiro era uguale al precedente. Sceglieva piccole pietre lisce. L'ultima stava per partirgli dalla mano quando, invece, chiuse il pugno. Non era un sasso: troppo ruvido. Guardò meglio, era una piastrina, di latta, una scatoletta rettangolare che gli stava nel palmo, spessa pochi millimetri. Le due guancette erano unite da una cerniera a un'estremità, mentre quella opposta formava un anello che consentiva di appenderla al collo con uno spago, o una catena filiforme. Se la rigirò tra pollice e medio. L'incisione era ormai svanita. Strano che una piastrina dell'esercito italiano fosse in quella zona. La scosse leggermente e sentì che conteneva qualcosa di molto leggero. Solitamente un cartiglio ripiegato con l'annotazione dei dati anagrafici, di matricola, grado, reparto, distretto, nome dei genitori, indirizzo di residenza. Tentò di aprirla, ma non ci riuscì. Gli anelli sembravano sigillati. Le sue unghie non erano abbastanza affilate, le tagliava con cura per non spezzarsele sulle rocce. Fece ricorso al coltellino svizzero, all'esemplare più piccolo e sottile uscito dall'apertura. Fu molto cauto perché temeva di danneggiare l'oggetto, anche se aveva già deciso di tenerlo comunque per sé. Lo spingeva la curiosità: che nome gli avrebbe restituito il passaggio di settant'anni? Quando riuscì ad aprirlo la risposta fu: nessuno. Il cartiglio non c'era più. La presenza che aveva intuito era quella di un foglietto ripiegato. Depose il pezzo di carta sulle ginocchia, temendo si sbriciolasse, ma non aveva resistito decenni per cedere all'ultimo. Trovò nel coltellino una pinzetta per svolgere il biglietto con la massima delicatezza. C'era una scritta a mano. La calligrafia doveva essere stata incerta fin dal principio, ora risultava quasi illeggibile. Fece uno sforzo, lo sollevò contro la luce del sole. Distinse subito "amato" e "amico", per somiglianza. Riprovò dall'inizio. "Ho", "Ho amato". C'era un'altra parola simile al primo "Ho", semicancellata. Decifrò: "Ho amato..." poi niente fino ad "amico". Gli sembrò di leggere: "Addio" e allora capì che finiva con un'altra A e una D maiuscola. Anno Domini. Poi non era riuscito ad aggiungere quale? Aveva lasciato il proprio testamento spirituale, scritto la propria biografia in una riga. Quel che contava e lo definiva. Aveva amato sua moglie. Aveva avuto un amico. Se ne andava lì, sotto il ghiacciaio. Andrea non capì che quell'uomo avesse sì avuto un amico, ma quel che aveva voluto far sapere era che l'aveva anche "ucciso". Non seppe mai che era appartenuta a suo nonno, ma percepì una oscura vicinanza con chi aveva indossato quella piastrina e la tenne per sé come fosse un gioiello. Era una confessione: non era valsa il paradiso, aveva evitato l'inferno, ma l'aveva rinchiuso in purgatorio.

❄

La montagna aspettava la consacrazione. O, almeno, l'occasione per mostrarsi a potenziali turisti in tutto il pianeta. Non aveva ottenuto una gara della coppa del mondo di sci, ma circolò la voce che potesse ottenere molto di più: un'occasione per riempire gli alberghi anche per qualche giorno di fine primavera e farsi bella in eurovisione. Il Giro ciclistico sarebbe passato di lì. Di più: ci avrebbe messo un traguardo di tappa, uno di quelli nell'ultima settimana che fanno spremere i corridori, cambiano la classifica e attirano gli appassionati a milioni. Tutta la nazione e mezzo continente avrebbero ammirato la funivia da poco inaugurata e benedetta dal passaggio del papa, i paesi con le case di pietra edificate sugli antichi fienili, gli hotel già storici e quelli in costruzione, gli chalet affittabili a settimane, il parco giochi e il dipanarsi delle decine di sentieri per escursionisti tra gole e cascate.

Il patron della corsa a tappe era stato pregato in tutti i modi possibili, leciti e anche con qualche illecito accenno, perché portasse la carovana alle pendici del ghiacciaio M. Lui si lasciò blandire, ma non fece promesse. Disse: «Prima devo vedere». Fissò un sopralluogo per l'inizio dell'anno, senza preannunciare che sarebbe andato. Voleva evitare che gli stendessero il tappeto sulla strada, pettinassero la vallata e rastrellassero la neve come fanno i bagnini con la spiaggia all'alba. Viaggiò da solo, in auto, immaginando l'effetto del transito dei ciclisti. La strada era sorprendentemente larga e la folla che si ammassava ai lati avrebbe creato meno problemi che altrove. La giornata era splendida, l'asfalto lucente tra due muri di ghiaccio. Gli hotel erano tutti in funzione, calcolò il numero di stanze necessarie e concluse che sarebbero state sufficienti. Si lasciò alle spalle il lago e vide la pendenza crescere davanti ai suoi occhi. Immaginò l'effetto, la fatica, la bagarre, come dicevano i telecronisti. Le piste da sci erano sulla sua sinistra, alla destra il bosco, intatto. Perfetto, perfetto. Qui lo striscione dell'ultimo chilometro, uno strappo ci sta benissimo. Rallentò per godersi il panorama. Arrivò alla stazione della funivia. Immaginò il traguardo, la postazione televisiva, la tribuna per la premiazione, la folla assiepata nel piazzale. Tutto bellissimo, ma più su, dove la strada continuava, che cosa c'era? Proseguì verso il passo. La presenza umana si diradò: niente più alberghi, soltanto un rifugio a lato di un tornante. Guidare lì richiedeva più attenzione. Scelse una piazzola e si fermò. Scese e respirò forte, inalando aria che a casa non sentiva mai. Girò lo sguardo verso il ghiacciaio e venne folgorato dai riflessi della luce. D'istinto sorrise, come dovesse ricambiare un sorriso altrui.

«Qui» decise, «deve passare di qui, fin su.»

Poi tornò e comunicò la sua decisione. Il consorzio degli albergatori e la proprietà della funivia volevano altro: il traguardo sulla propria soglia. Il patron poteva fare quel che voleva, la corsa era sua. Fino a un certo punto. Gli telefonarono l'editore che la patrocinava, il direttore della televisione che la trasmetteva, il segretario di un noto politico locale. Poi arrivò la risolutiva notizia di una donazione da parte della famiglia Motta. Il traguardo arretrò, tornando dove era stato fissato.

E venne il giorno della tappa. Si annunciava decisiva per la classifica. Il campione straniero era stato squalificato. La battaglia adesso era fra tre italiani, uno dei quali era nato in quella regione. Gli altri due ricevettero, alla vigilia, lettere minatorie, passate sotto l'uscio della camera d'albergo. Denunciarono l'accaduto. Tutto il gruppo era turbato. Al raduno di partenza pioveva a dirotto. La temperatura, nonostante fosse maggio, era scesa fin quasi allo zero. Il patron ricevette una telefonata e, benché fosse tornato dicendo: «Tutto bene, nessun problema», i suoi occhi rivelavano altro. Gli era stato comunicato che all'arrivo nevicava. Decise di correre avanti in auto mentre i ciclisti partivano. Lungo il percorso, riparate da ombrelli e cappelli, vide centinaia e centinaia di persone. Più la strada saliva e più aumentavano. Gli alberghi avevano fatto il tutto esaurito. C'era un'aria di attesa e di festa. I prati erano stati invasi. Erano state montate baracche per la vendita di cibi pronti e oggetti ricordo. Poi, a sei chilometri dall'arrivo, ecco la neve. Incongrua e inarrestabile. Al sopralluogo invernale aveva visto il sole pieno. Ora, tempesta. Fece segno di accostare, scese e fu investito da una raffica di vento. Il cappello da corridore gli volò via, lontano. Immaginò l'effetto sulle ruote delle biciclette, su chi fosse salito danzando sui pedali, staccato dal sellino. Avrebbe dovuto comunicare un percorso alternativo, ma avrebbe deluso tutta quella gente. Qualche caduta? Sarebbe stata parte dello spettacolo. Fece cenno di tornare. Un tuono accolse la sua decisione.

I corridori erano stremati. Salivano lenti e senza darsi battaglia. Nel plotone qualcuno invocava una deviazione, qualcun altro il boicottaggio alla tappa. I due gregari che tiravano in testa rallentarono improvvisamente. Dal bosco era sbucata una ruspa, seguita da un'altra, e un'altra ancora, fino a formare un piccolo convoglio. Si schierarono sulla strada e ognuna depositò sull'asfalto lucido quel che trasportava nella benna: una massa di ghiaccio. Formarono un muro bianco, poi arretrarono e, com'erano apparse, sparirono. Solo una si attardò. Dal posto di manovra scese un uomo che, nonostante avesse il viso coperto da un passamontagna, rivelava la gioventù nei gesti atletici e rapidi. Depose sul muro un pupazzo di neve ghiacciata. Sul petto aveva disegnata con una serie di pigne incastrate una grande M. Reggeva un cartello con la scritta: "Non mi rompete i coglioni!". L'operatore la riprese con lo zoom prima che dalla regia giungesse l'ordine concitato di girare la telecamera. I corridori si erano fermati. Lungo la schiena del gruppo si diffuse un brivido di allegria. Ognuno di loro fece proprio il messaggio, alzando il coro: «Non ci rompete i coglioni!», pedalarono in discesa, verso gli alberghi, le camere, tazze di tè caldo, lenzuola fresche, piumini morbidi, ore di sonno prima di ripartire, ma soltanto il giorno seguente, scavalcando la montagna in auto.

Le ruspe furono trovate nel bosco, nessuno a bordo o nei pressi. Chi le guidava non fu mai individuato. Tutti erano certi che l'ultimo ad allontanarsi, quello che aveva messo il pupazzo sul muro, fosse Andrea Darman. Più certi di chiunque altro erano gli sponsor sul traguardo mai raggiunto, i Motta.

I faraoni. I Motta. Una famiglia dedita al lavoro per fare soldi e a vari hobby per farne altri. Il lavoro era il legno, dalla segheria al mobilificio. Gli hobby i ristoranti, i bar, qualche albergo. Non c'era attività in cui non entrassero, bastava proporglielo. Gli abitanti dei paesi vicini facevano la fila la domenica mattina a casa Motta con un progetto nella borsa sdrucita. Chiedevano poco, chiedevano tanto: ottenevano quel che Arnaldo Motta decideva, a volte perfino più di quanto speravano, a volte molto meno, quasi mai niente. Il motto del fondatore era: meglio una piccola parte in un affare sballato che nessuna in quello che poi si rivela un colpaccio. Anche quando diffidava dell'idea, diffidava pure del proprio giudizio e qualcosa investiva. Essere socio di tutti gli apriva le porte ovunque e non aveva nemici. Camminava per la vallata salutando tutti e venendo da tutti ricambiato. Aveva fatto il garzone nei locali che poi aveva comprato, il contabile nelle aziende che poi aveva diretto. Aveva fatto anche la guerra, ma di quello non parlava mai e nessuno gliene domandava. Al ritorno a casa aveva pensato di studiare ingegneria per progettare e costruire ponti, ma gli fu più semplice assoldare ingegneri, capimastri e metterli in collegamento. La ricostruzione fu la sua grande occasione. Ottenne crediti dalle banche e favori dagli amministratori pubblici. La sua grande risorsa fu l'appoggio della Chiesa. I nemici durante l'invasione si erano portati via le campane per fonderle e farne munizioni da cannone. I campanili dei paesi erano guerci e muti. Arnaldo Motta regalò una campana a tutte le chiese che l'avevano perduta. Una dozzina di paesi, nella stessa domenica, le fecero suonare a festa in onore del Salvatore che li aveva tenuti in vita, del patrono che li proteggeva e del benefattore che aveva ridato loro la voce.

Aveva sposato la figlia dell'altro patrimonio della vallata. Dopo un anno di vita condivisa si accorse di amarla profondamente, più che se l'avesse scelta: anche in quel caso diffidare del proprio giudizio l'aveva premiato. Ebbero due figli maschi, ma il primo morì nella culla, per un rigurgito. Sua moglie se ne assunse la colpa e non si perdonò mai, trascinandosi per il resto della vita in una depressione senza scampo. Il secondo figlio, Enrico, era il suo ritratto, a cui un burlone aveva aggiunto un paio di baffi e capelli incontrollabili. Lui pure partì per una guerra mondiale, ma non raggiunse mai il fronte, rimanendo nelle retrovie a gestire gli approvvigionamenti. Familiarizzò con il traffico di merci di ogni sorta, conteggiò, verificò, divenne un amministratore delegato prima di ottenere quella carica. Tornò e cavalcò l'onda della seconda ricostruzione. Invece di rimettere in piedi gli edifici distrutti lo lasciò fare ad altri e fornì i materiali, ma soprattutto i trasporti e l'energia. Quando non ci fu più niente da edificare dismise le imprese di materiali e comunicazioni e si concentrò sulla produzione di elettricità, comprando altre centrali, o creandole dove prima non c'era altro che la montagna. Enrico si sposò per sbaglio, come poteva accadere. La ragazza rimase incinta e lui onorò l'impegno non preso. Il padre, grande sostenitore degli amori a scoppio ritardato, ovvero a matrimonio celebrato, lo incoraggiò, sicuro che le cose sarebbero andate bene come era capitato a lui, purché i figli stessero sempre pancia all'aria. I gemelli, Arnaldo ed Enrico Jr, non diedero problemi, ma l'unione dei genitori restò forzata, infelice e si chiuse anzitempo nella reciproca indifferenza e nel distacco di fatto. Enrico era molto più preoccupato della cura dei baffi che di quella della moglie. Ogni giorno faceva chilometri per farsi acconciare da un lontano barbiere, o almeno così diceva. Soltanto l'autista che, avendo un passato nel settore, glieli sistemava sapeva dove andasse. Si occupava personalmente dei figli orfani di padri, caduti nella Seconda guerra mondiale. Di alcuni più che di altri. Le vedove erano riconoscenti. A un paio di quegli orfani diede forse un fratello. Lo scandalo fu solo un'eco e arrivò smorzato.

Anni dopo, quando lo Stato nazionalizzò le centrali idroelettriche, Enrico Motta si trovò con una liquidità enorme e senza nessuna impresa da gestire. Aveva imparato la lezione di famiglia: fidati degli altri. Decise di coinvolgere i figli, ormai maggiorenni, nelle scelte. Come nella parabola dei talenti, diede loro una quota perché ne facessero ciò che volevano. Arnaldo girò il mondo, compiendo un Grand Tour fuori dal tempo e dallo spazio: andò in America. Dopo mesi di viaggio da una costa all'altra, si stabilì a New York, dove trovò moglie: la terza figlia di un editore di successo. Sembrava avesse fatto soltanto turismo, ma aveva preso migliaia di appunti. Tornò con il vecchio pallino della comunicazione, ma attualizzato. Aprì una radio locale nella vallata, poi in quella vicina, poi un'altra ancora, ne fece una federazione in tutta la penisola. Guadagnò vendendo gli spazi pubblicitari. Aprì una concessionaria che se ne occupava anche per conto di giornali e riviste. Poi un'agenzia, nella città di Milano, di cui mise a capo l'uomo che da ragazzo aveva inventato il carosello della grappa in mongolfiera sul ghiacciaio. Il padre fu soddisfatto.

Enrico Jr, gemello contrario, non lasciò mai il paese. Fu il solo a essersi sposato per amore con una ragazza del posto. Era una sua compagna di scuola, poi divenuta maestra in quello stesso istituto, prima che spostassero tutte le classi più a valle perché lì non nascevano più bambini. Ebbero un figlio con un grave difetto alla vista, costretto a portare gli occhiali dall'età di cinque anni. Molti bambini se ne vergognavano. Enrico Jr aprì una fabbrica di occhiali specializzata in montature per bambini, colorate e fantasiose. Fu un trionfo, seguito da una linea più seria divenuta popolare perché indossata, addirittura, dal papa. Il padre fu felice.

Fu il figlio di una non più giovane vedova del fondovalle a presentarsi un giorno, timorato ma deciso, a Enrico Motta, tenendo sottobraccio, arrotolato, un grande foglio di carta millimetrata. Con il suo permesso, glielo distese sulla scrivania.

«Che cosa sarebbe?» chiese il faraone.

«Una funivia.»

Ne fu entusiasta. Assolutamente entusiasta. Follemente entusiasta.

Si dimostrò, perciò, indifferente.

❄

Una settimana dopo aver presentato quel progetto al signor Enrico Motta, il giovane Leonardo ricevette la visita dell'autista del faraone, mandato a prelevarlo dal suo datore. Chiese qualche minuto di tempo per sistemarsi, indossare il suo cardigan portafortuna, quello con cui aveva superato tutti gli esami di ingegneria all'Università di Torino e che metteva a ogni appuntamento importante. Sua madre, da settimane a letto ammalata, gli volle dare un bacio sulla fronte prima che uscisse, ma non disse una sola parola, pur sapendo dove e da chi andava. L'autista l'aveva atteso in auto. Aveva acceso il riscaldamento per non congelare: l'auto scura nella neve bianca era avvolta da una sciarpa grigia di fumo. Leonardo entrò aprendo la portiera a lato del conducente e si sedette al suo fianco.

«Poteva stare dietro, ingegnere. Di solito è così.»

«Non sono abituato.»

L'autista partì. Durante il viaggio continuava a osservarlo con la coda dell'occhio cercando una rassomiglianza che non faticava a trovare nell'aspetto, ma forse era una suggestione. L'avrebbe pensato anche se non avesse saputo o creduto di sapere? Non aveva una risposta affidabile. La suggestione: compri un'auto rossa e improvvisamente noti un'enormità di auto rosse di cui prima non ti eri accorto. Per cui sì, probabilmente era nella sua testa. Il giovane uomo era di certo nervoso: teneva le mani tra le ginocchia, per fermare le une e le altre. Nessun esame universitario gli aveva provocato tanto disagio o ansia. Bastava essere preparati e nessun professore poteva negarti il voto che meritavi, anche quando si credeva un padreterno.

Questo, be' sì, lo era e lo sarebbe stato. Leonardo non gli avrebbe fatto capire che conosceva la verità su di loro. Tuttavia detestava, più ancora che le bugie, i compromessi e le ipocrisie. Ne era figlio, si era giurato di non diventarne genitore. Ora non sapeva che cosa aspettarsi, neppure da se stesso, ma se il signor Motta lo aveva richiamato c'era da sperare che l'idea della funivia lo avesse conquistato. All'inizio della sua esposizione gli era sembrato curioso. Poi si era raffreddato, ma Leonardo aveva avuto l'impressione che lo facesse apposta, per una strategia ben studiata. Voleva guadagnare tempo, fare i suoi calcoli, sentire i suoi esperti, capire come ricavarne il più possibile. Questo doveva aver fatto nei sette giorni trascorsi. Leonardo si era dato da sé quella scadenza: se non richiama entro sette giorni butto il progetto e vado a fare il colloquio a Torino, dove lo aveva convocato la più importante casa automobilistica. E al settimo giorno era stato richiamato. Avrebbe avuto senso farlo per dirgli semplicemente: no grazie? Improbabile, ma i ragionamenti di quell'uomo seguivano una linea particolare, tutta sua. Diversa da quella di suo padre, retta, e dei suoi figli, una diagonale che puntava altrove. Dei figli riconosciuti, almeno. Leonardo stava per incrociare una linea spezzata.

«Siamo quasi arrivati» disse l'autista.

Leonardo non riconosceva il percorso, ma intuì che non stavano andando dove aveva visto Enrico Motta l'ultima volta ed escludeva la possibilità che fossero diretti a casa sua. L'auto si fermò nel nulla, o quasi. La strada era finita. Da lì in poi c'erano i prati, le rocce, la neve, il ghiacciaio. Non c'erano abitazioni, soltanto fienili. Niente giardini, solo pascoli. Lì si veniva per l'allevamento, o per la catena di produzione del formaggio. Era il confine con nient'altro. Il versante opposto non era raggiungibile in auto se non girando intorno alla montagna:

due mondi, come nella guerra d'inizio secolo, anche adesso che stavano dalla stessa parte della frontiera.

Leonardo scese e andò incontro al signor Motta, tendendogli la mano. L'altro gliela strinse senza togliersi i guanti. Non c'era una seconda auto: era venuto a piedi o per tutto il tempo in cui l'autista era andato e tornato aveva aspettato lì, incurante del freddo. Non aveva con sé alcuna cartella, né ce n'era una nell'auto. Non aveva neppure il tubo contenente il progetto. Era tutto nella sua testa: il sì, il no, il come.

Leonardo si guardò intorno e quel gesto era una domanda.

«Qui» rispose Motta.

«Sì?»

«Qui bisogna mettere la stazione di partenza, non dove dicevi tu.»

Le gambe gli cedettero, ma restò saldo. "Stazione di partenza" era un colpo al suo cuore. Significava: sì. Ma ancor più forte era "tu". All'incontro precedente gli aveva dato del "lei", chiamandolo "ingegnerino".

«Qui, dove non c'è niente, adesso. Riesci a immaginare, invece, tutto? Là, la stazione, di vetro e cemento, materiale che possiamo avere facilmente a costi accettabili, ho già verificato. Lì un bar, poi un grande chalet, con tanto legno, il nostro legno. Non pensare a una pensioncina, un alberguccio, pensa a una costruzione che abbia sopra l'hotel e sotto i negozi, un ristorante, davanti a un grande parcheggio. E la strada, la strada che da qui prosegue, sale e arriva dall'altra parte, così tutti quelli che vanno dall'altra parte possono da là proseguire e venire qui, da noi. Lo capisci? Non staremo più seduti a guardare lo spettacolo del boom economico e tecnologico, ci alzeremo e saliremo sul palco. Tu mi hai portato un'idea, la funivia, io ci ho messo intorno un mondo...»

Leonardo dovette riconoscerlo: «Vero».

«Adesso...» disse Motta e si fermò.

Lo guardò in viso, gli occhi erano alla stessa altezza, come se anche lui avesse voluto controllare l'esistenza di una somiglianza.

«Adesso, ti starai chiedendo che cosa spetta a chi ha avuto l'idea centrale, che ruolo avrai in tutto questo.»

Leonardo se lo domandava dall'inizio della conversazione, da quando gli aveva sentito dire "stazione di partenza", ma non l'aveva dimostrato e anche adesso taceva. La verità, ora, per favore.

«E allora, puoi scegliere. O la funivia, direttore dei lavori. Oppure... il nome. Ti do il mio nome, ti riconosco, avrai una parte dell'eredità quando non ci sarò più, ma la funivia la prendo io, diventa un affare di famiglia.»

Leonardo sentì una vertigine. Avrebbe scelto la funivia, se quell'uomo, che gli stava diventando mai così familiare e mai così estraneo, non avesse detto che, nel caso inverso, sarebbe stata "un affare di famiglia". Lo escludeva comunque. Tanto valeva. Un'altra funivia poteva sempre realizzarla altrove. Pensò a sua madre che stava morendo a letto, a casa.

Disse: «Il nome, grazie».

E, scusandosi, si voltò per rientrare a piedi.

Aveva continuato a camminare nell'opposta direzione per tutta la vita. Soltanto lui sapeva quale fosse il traguardo, aveva molto da dimostrare e l'avrebbe fatto. Si era preso quel nome per sua madre, ma lei l'aveva guardato incredula, come quando da piccolo faceva un'immensa sciocchezza. Non aveva avuto la forza di redarguirlo, neppure di replicare. Aveva scosso la testa, chiuso gli occhi. Soltanto in quel momento aveva capito che quell'uomo, suo padre, lei non l'aveva mai amato. Avrebbe preferito un figlio ingegnere con il suo cognome che costruiva la funivia verso il ghiacciaio, piuttosto che un Motta destinato a chissà cosa. Non lo vide diventare niente di quel che sarebbe stato. Sei mesi più tardi il suo cuore malato si fermò. Leonardo Motta si trasferì a Milano, trovò un lavoro in una ditta di costruzioni, fece carriera, poi decise di avviare la propria impresa. Tornò verso la montagna, ma si insediò sul versante opposto, in passato nemico e ora rivale. Lì progettò un'altra grande opera: la diga. Come la funivia aveva fatto dall'altro lato, avrebbe cambiato la vita da questo, anche se meno radicalmente. Fu un grosso affare e lo rese un uomo ricco, ma dalla sommità della diga continuava a guardare con insopprimibile nostalgia la stazione d'arrivo della funivia. Non si avvicinò mai, non ci salì mai a bordo, non ne parlò neppure. Non criticò pubblicamente quel che avrebbe fatto in modo diverso. Non raccontò mai che il progetto originario era suo. Cambiava canale alla televisione o alla radio ogni volta che ne sentiva parlare. Dovunque dovesse andare, puntava nell'altra direzione, anche se questo avesse significato, e spesso significava, un percorso più lungo. Pagava con la moneta del tempo il dono dell'atarassia.

Una vigilia di Natale riconobbe in paese una giovane donna incontrata nella metropoli a una serata mondana, l'inaugurazione di un albergo. Sebbene fosse timido, si fece forza e si avvicinò. Si ricordava di lui, ma davvero viveva lì, doveva essere una cosa stupenda, particolare diciamo. Lei era in vacanza, ma sarebbe tornata a febbraio, per sciare. La sua irrequietezza le faceva sempre fare la spola tra due località, due mondi e, spesso, due uomini. Cercava sempre quel che non aveva, non perché le mancasse, ma perché esisteva lontano da lei e raggiungerlo le dava una pace momentanea. Come da progetto di Leonardo, mai apertamente condiviso, entro la fine dell'anno erano sposati. Suo padre, a quel punto il cavalier Enrico Motta, gli fece il più grande regalo di matrimonio: morì. Un mese prima delle nozze. Alla cerimonia era presente anche il notaio che si era occupato dell'eredità, destinando a Leonardo un terzo del patrimonio Motta, del "panettone" come amava dire con una battuta vecchia di decenni. La divisione era stata fatta in modo che agli altri due fratelli restassero la proprietà dei beni immobili e il controllo delle aziende. Leonardo era stato liquidato in denaro, con tanto denaro che avrebbe potuto comprarsi ciò che voleva. E lui voleva una sola cosa: la sua funivia. Avrebbe chiuso il cerchio e dentro ci sarebbe stata inscritta la raggiunta felicità.

Non dichiarò subito quell'intento, lo studiò da solo, in segreto: disegni, progetti, calcoli, verifiche, sondaggi, valutazioni tecniche, politiche, d'opportunità. Per tre anni la risposta era stata: no. La correggeva in: non ancora. Poi ci furono l'elezione che cambiò segno alla giunta locale e l'esplosione dello sci come sport nazionale di massa. Era arrivato il momento, il suo, da non dividere con nessuno.

Andrea era il tipo d'uomo a cui piace bere da solo al bancone del bar. Non è che imitasse la scena di troppi film o cercasse di entrare nella cornice di un quadro che neppure conosceva. Era il suo modo di stare nel mondo: appartato anche quando era tra gli altri. Le poche volte in cui scendeva in paese entrava nello stesso bar, sedeva allo stesso sgabello. Se qualcuno l'occupava, glielo cedeva. Lui ringraziava con un cenno della testa: mai respingere una cortesia. Non si portava da leggere, non faceva niente che potesse fare a casa sua, neppure pensare. E bere allora? Non poteva farlo nella sua baita? Non aveva mai tenuto una bottiglia, per non cedere alla tentazione nella solitudine. Non più, dopo le due che aveva finito la prima notte in cui era andato a vivere lassù. E no, neppure bere era comunque il motivo per cui scendeva fino a quello sgabello. Piuttosto era ascoltare. Nessuno in particolare e niente a lungo. Si riempiva delle voci in sottofondo. Registrava parole, frasi, qualche discorso, appena individuava il riferimento spostava l'attenzione altrove. Non lo interessavano le situazioni, soltanto i suoni. Avesse potuto, avrebbe preferito ascoltare elettrodomestici: un'aspirapolvere, un asciugacapelli, una lavatrice in fase di centrifuga, rassicurante colonna sonora domestica. Lo attirava, con instabile frequenza, quel che gli sarebbe sempre mancato. Cercava vita, non compagnia.

Non ordinava mai "il solito". Cambiava ogni volta e se avesse voluto quel che aveva bevuto la settimana precedente non l'avrebbe ordinato ugualmente. Era quella la sola variabile nelle sue apparizioni al bar. Per questo fu considerato un evento il fatto che il barista gli si avvicinasse per dirgli che c'era una telefonata per lui. Quando si avviò per rispondere tutti gli occhi lo seguirono e contarono il tempo della conversazione come fosse la manche decisiva di una gara di slalom in coppa del mondo. Sarebbe stata la più veloce della storia, mezzo minuto appena. Andrea aprì bocca tre volte a distanza di pochi secondi, poi riappese e tornò al suo posto. Finì la grappa e ne ordinò un'altra, l'ultima. Cercò di riportare le cose all'ordine, ma l'ordine non c'era più. Aveva smesso di ascoltare, rifletteva. All'ora in cui di solito se ne andava, se ne andò. Al secondo bivio però prese una direzione diversa, salì per una strada che non portava verso casa sua e raggiunse il parcheggio di un albergo in costruzione. Il cantiere era a buon punto: sarebbe stato pronto per la prossima stagione. Il gruppo elettrogeno illuminava una stanza al primo piano. Che cosa sarebbe diventata non era chiaro: una suite, una sala riunioni, la palestra; al momento era occupata da due sedie e due uomini infreddoliti, il primo immobile e composto, il secondo a girargli intorno come un satellite frenetico. Benché coperti fino ai capelli, rivelavano la somiglianza di due fratelli: i fratelli Motta, Enrico Jr e Arnaldo.

Il primo smise di camminare, il secondo si mosse. Davano l'impressione di essere attori scelti male, inadatti alla parte che stavano per recitare, prima ancora che pronunciassero una battuta.

«Grazie di essere venuto» disse Enrico Jr.

«Anche se ce ne ha messo...» precisò Arnaldo.

«Il tempo che vi avevo detto. Ho accettato, ma non volevo che mi venisse dietro mezzo paese... dato che l'incontro...» indicò il cantiere che li circondava «sembrava... e sembra ancora di più... clandestino.»

Annuirono entrambi.

Arnaldo si assunse l'onere della proposta: «Lei avrà capito perché l'abbiamo chiamata, di notte, qui».

«La funivia di vostro fratello.»

«L'altra funivia, diciamo, sull'altro versante.»

«Quella.»

«Il nostro versante non la vuole e noi non la vogliamo, per la memoria di nostro padre e perché la crediamo proprio un atto di ripicca... contro la nostra famiglia.»

È vostro fratello, pensò Andrea, ma non lo disse.

«E io che cosa c'entro?»

«Noi crediamo che neppure lei la voglia.»

«Preferirei di no, ma non amo neppure le vostre di iniziative, questo cantiere, per esempio.»

Enrico Jr intervenne: «Lei può opporsi, è credibile, ammirato, proprio perché non ama neppure la nostra funivia, se si oppone all'altra le verranno dietro».

«E come?»

«In tutti i modi possibili.»

«Tutti?»

Toccava ad Arnaldo.

«Con le buone o con le cattive.»

Era davvero un errore di casting, il tono della sua voce era ridicolo, aveva cercato di parlare nel modo in cui pensava andasse detto e ne era uscita soltanto l'imitazione di un'imitazione.

«L'ultima non l'ho sentita. E immagino mi paghereste pure per essere... buono o cattivo.»

«Sì, certo» risposero insieme.

Toccò a Enrico Jr: «Ma non le proponiamo soldi, qualcosa di molto più prezioso».

Cominciando a giocarsela meglio, aveva lasciato una pausa a effetto prima di abbassare la cerniera del giaccone. Aveva infilato la mano estraendo una busta gialla che aveva posato poi sulla sedia libera.

Arnaldo la guardò: «Questo è il compenso anticipato per il suo intervento. Vedrà che le basterà: le cambierà la vita».

Andrea si avvicinò abbastanza per leggere sulla busta il timbro di un ospedale. Si fermò. Immaginò contenesse una rivelazione. E decise che la verità non dovesse essere commerciata.

Disse: «Mi tengo la vita che ho».

Si girò e tornò alla sua notte, rinviando l'incontro con quella verità.

L'assemblea si tenne il mese seguente. Venne fissata per le otto di sera, perché nella vallata erano abituati a cenare molto presto. Il problema avrebbe potuto essere poi quello di contravvenire a un'altra abitudine e di andare a letto molto tardi. Tutti sapevano che la discussione sarebbe stata animata. La montagna era, in fondo, il loro condominio e un'assemblea di condominio ha una durata imprevedibile. La scelta del luogo era toccata al sindaco del paese più vicino agli impianti che avrebbero perso l'esclusiva, in quanto "parte lesa". Aveva pensato al municipio, alla chiesa, poi aveva capito che la capienza non sarebbe stata sufficiente e aveva indicato il palazzetto dell'hockey. Addirittura? Niente di meno. Ci sarebbero stati colpi duri e colpi bassi, scivolate e urla. Alla fine qualcuno avrebbe vinto e qualcun altro perso. Il ghiaccio sarebbe stato rigato. Nulla era destinato a rimanere intatto.

Avevano vite talmente regolate che affluirono tutti insieme, partendo appena terminato di cenare. Riempirono il parcheggio e si avviarono all'interno come se andassero alla partita, già divisi in due fazioni. I giornali locali avevano acceso una miccia lunga, ma il tempo dell'esplosione era arrivato e c'erano perfino inviati della stampa nazionale e una, subito riconosciuta, della televisione pubblica. Da qualche giorno l'invenzione di un titolista locale era diventata il marchio della storia. "La piccola guerra", aveva chiamato quella disputa. Come gli eserciti dei due versanti si erano scontrati per il controllo della montagna, così adesso si combatteva per il suo sfruttamento sciistico. Se "l'altro Motta", "l'ingegnerino mezzosangue", "il figlio del letto sbagliato" avesse potuto costruire la sua funivia, la cima sarebbe stata raggiungibile da entrambi i lati e i guadagni da questo si sarebbero quasi dimezzati. C'erano la tradizione, la storia, l'esperienza, ma avrebbero dovuto battersi contro la novità e tutti sapevano che, almeno all'inizio, avrebbero accusato perdite. Avrebbero potuto recuperare, forse. Ma se fosse stato troppo tardi? E comunque, perché ritirarsi, un'altra volta? Il parallelo con la guerra d'inizio secolo aveva scatenato le peggiori intenzioni: avanti, fino alla fine, stavolta, li respingeremo a valle. Per ora, era stato sconfitto il senso delle proporzioni. Questione di vita o di morte? Non proprio, anche se quello dicevano. Quanti danni può fare un titolo di giornale.

Il piccolo esercito andò a occupare le postazioni sui sedili del palazzetto. Il campo di gioco era stato lasciato vuoto. I microfoni degli oratori erano già accesi, accanto alle panchine. Come colpo di teatro il sindaco aveva fatto appendere una gigantografia del papa Secondo mentre sciava sulla loro pista. Pendeva al centro del campo, riprodotta su entrambi i lati e immobilizzata dal peso di una barra di metallo al fondo. Aveva anche provato vari slogan, ma il meno sacrilego gli sarebbe comunque valso la diserzione dei parroci e la scomunica del vescovo. Così aveva deciso di affidarsi al senso di quell'immagine che, decise, parlava da sé. Aveva fatto richiesta di avere al tavolo dei relatori alcuni personaggi d'eccezione. Aveva sperato nei fratelli Motta, figli del fondatore, vittime dell'usurpazione, ma con sua sorpresa avevano detto no. Mancava loro quel che il padre aveva avuto e, purtroppo, lasciato in eredità all'altro figlio, quello "sbagliato". Al loro posto aveva convocato quelli che sperava si sarebbero rivelati due oratori, o anche soltanto due presenze, capaci di convincere l'assemblea. Il primo era il Grande Bepi.

Era l'epoca dei record, delle imprese impossibili. C'era chi andava lontano per correre più veloce su una pista, a piedi o in bicicletta. Chi andava sott'acqua, più di quanto fosse immaginabile. La fantasia più grande l'aveva avuta un funambolo che aveva teso una corda tra due torri mentre la gente usciva per andare a lavorare e ci aveva passeggiato avanti e indietro, ci si era sdraiato a guardare il cielo, poi era sceso prima che la meraviglia cedesse alla noia e si era fatto arrestare. Il Grande Bepi era il funambolo delle nevi. Non aveva una teoria filosofica su quel che faceva, non ci guadagnava se non la notorietà, anche se era considerata valuta di scambio. Scendeva lungo pareti che sfioravano la verticalità. Nessuno prima di lui l'aveva non soltanto fatto, neppure pensato.

Aveva cominciato dieci anni prima, per una scommessa in pizzeria, quella di suo cognato, una delle prime a mettere lo speck sull'impasto. Uscita la clientela, erano rimasti gli amici a fare tardi. Bepi, che non era ancora il Grande, a sciare era il più bravo di tutti, fin da bambino. Ora che quello era uno sport nazionale e si vincevano mondiali e olimpiadi, lo tormentava non essere mai diventato professionista. Per rifarsi usciva dalle piste, era ormai il re della neve fresca, del ghiaccio, perfino dei percorsi in cui affioravano le rocce al cambio di stagione. Diceva di poter sciare ovunque, anche su uno specchio. Lo sfidarono a farlo sulla parete più ripida. Accettò. Chi l'aveva proposto si ritirò: era solo uno scherzo, non voleva mica che si ammazzasse. Bepi insisté, come chi ha trovato per caso la sua vocazione. Pose una sola condizione, certo che a quel punto gli avrebbero concesso qualsiasi cosa: voleva salire in elicottero per non partire già affaticato. Si allenò per qualche settimana, più i giorni passavano più speravano desistesse, ma non lo fece.

Disse: «Ho imparato che tutto sta nel darsi la prima spinta, quando sei in cima e non vedi niente sotto di te. Dopo, in confronto, è robetta».

Che quella parete potesse essere "robetta" non lo credeva neppure lui, ma con quella avrebbe definitivamente conquistato la montagna e il suo ghiacciaio. Agli altri le medaglie, a lui il trono. Il paese era diviso. Niente di imprevedibile: l'invidia per la fama che si era conquistato, qualche maldicenza sugli "aiutini" a cui avrebbe fatto ricorso, "e in fondo ci riuscirebbero anche altri, se fossero altrettanto matti, o stupidi, da provarci". Qualcuno ricordava che gli sci li avevano portati dall'altro versante, quindi erano strumenti del diavolo. Un anziano ne aveva in casa un paio di inizio secolo, lunghi come una canoa e con un solo bastone. Ovviamente: «Quello era sciare, perché serviva a qualcosa».

I più giovani difendevano l'utilità di questo modo di farlo: aveva riempito la valle di turisti, creato investimenti e lavoro. Sì, ma il Bepi che c'entra? A che serve? A niente. A se stesso. Perché venire giù in quel modo, a scatti, una specie di scaletta forzata e con quei salti improvvisi seguiti da frenate? La bellezza non è nella fluidità, nell'infilarsi nel vento? Ognuno aveva la sua critica. Tutti riconoscevano che altre località avevano la coppa del mondo, ma soltanto loro avevano il Grande Bepi. Il cognato della pizzeria teneva il banco segreto delle scommesse: ce la fa, non ce la fa, s'ammazza. L'ultima ipotesi era quella per cui tutti accorrevano, televisioni incluse. L'ammirazione dura un istante, la tragedia si tramanda.

Gli alberghi fecero il tutto esaurito e il meteo fu così generoso da far rimandare il primo tentativo. Una notte con prima colazione in più per tutti. Il giorno seguente fu radioso dall'alba. Due elicotteri seguirono l'impresa per filmarla e intervenire in caso di necessità. Molti, conoscendo bene la montagna, si appostarono oltre lo sbarramento per vedere il passaggio dell'acrobata e urlargli incoraggiamenti, scaramanzie o improperi. Era un circo. L'attrazione non cadde.

Bepi disse al microfono poche parole, con il respiro ancora affannato.

«Era dura, ma io di più.»

Alle sue spalle comparve il sindaco e rivendicò il successo per la comunità.

Il giornalista chiese a entrambi: «E dunque, la montagna è vinta?».

Il cielo si oscurò all'improvviso, in lontananza si sentì un tuono.

Il cognato aprì la pizzeria offrendo prezzi speciali. Il banco scommesse era andato bene. Alla fine aveva prevalso l'interesse familiare e aveva puntato sulla riuscita del Bepi, che ora si ergeva davanti alla folla e apriva le braccia come il Redentore sul Corcovado.

Il secondo asso nella manica del sindaco era Andrea. Era una carta più rischiosa. L'eremita fuggiva la folla e proprio per questo ne veniva inseguito. Al netto dell'inevitabile percentuale di invidiosi cronici, quasi tutti gli volevano bene. Anche quando non concordavano con le sue scelte, affascinava la maniera narrativa con cui le esercitava.

In prima fila stavano seduti due suoi coetanei, Giulio e Domenico, uno era andato perfino a scuola con lui. Entrambi avevano partecipato alla missione contro il Giro. Lo salutarono sorridendo, poi abbassarono le teste e parlarono fitto tra loro.

Giulio non era convinto: «Se diamo retta a lui facciamo un bel casino».

«Un'altra volta...»

«Vabbè, adesso siamo grandi, noi c'abbiamo dei figli. Bisogna valutare che cosa conviene.»

«Se è per lui non si deve fare niente, mai niente, non toccare.»

«Oh, ma te lo ricordi quando venne il produttore del cinema...»

«Come no? Quello che voleva girare *Vacanze sul ghiaccio due* nella sua baita...»

«L'ho anche visto quel film, dopo.»

«Io no.»

«Ti sei perso poco, però c'era quella scena, quella che volevano fare da lui. Il pianista del piano bar conquista la signora straniera e si fa dare la capanna dal maestro di sci, solo che gli arriva la moglie...»

«Non fa ridere.»

«No, ma la straniera non lo sa e va su lo stesso. Si mette a letto, siccome non arriva nessuno si addormenta. Poi alla fine il maestro di sci pensa abbiano fatto e torna, si mette a letto e lei crede sia il pianista e fanno...»

«Lei era quell'americana, no?»

«Lizzy Dell... mica male. Dicono che per convincerlo il produttore gli abbia offerto la parte, tanto doveva dire due parole, sciare e mettersi a letto.»

«Capacissimo. E lui?»

«Dicono abbia tirato fuori una di quelle vecchie armi arrugginite del quindici diciotto e abbia sparato, o provato...»

«Capacissimo.»

«Poi la baita al produttore gliela costruirono i Motta, su misura.»

«Mai stati dalla stessa parte eh, loro e Andrea? Anche stasera...»

«Oh, guarda chi sta arrivando: il gatto e la volpe...»

Il sindaco aveva dovuto dire no alla presenza al suo fianco di un esponente del movimento secessionista e di un altro del collettivo per l'ambiente. Si sarebbero fatti sentire comunque, con la loro claque e le loro proposte estreme, e li avrebbe usati per far convergere la maggioranza sulle sue posizioni, ma in seguito. Gli sarebbe bastato l'appoggio di quei due testimonial così amati. E teneva per ultimo il colpo a sorpresa: la telefonata solidale di Davis, il popolare presentatore a cui aveva offerto in cambio un soggiorno di una settimana per otto persone nel migliore hotel e lo skipass personale a vita. Anzi, come gli aveva scandito: «A-vì-tà!». Affare fatto.

In pochi minuti al sindaco fu chiaro che se mai avesse sognato una carriera da conduttore televisivo avrebbe fatto meglio a svegliarsi. La scaletta della serata gli sfuggì di mano poco dopo i saluti. I gruppi più eccitati cominciarono a protestare perché volevano fare intervenire i propri rappresentanti. Chi cercava di riportare la calma fu accusato di "tradimento", "diserzione" e messo a tacere al grido: «Venduto». La stessa accusa toccò pure al sindaco appena abbassò i toni. I secessionisti avevano puntato molto sul Grande Bepi, che spesso si ubriacava con loro, ma a quello interessava fare le sue discese impossibili, da una parte o dall'altra, attualizzando sulla neve l'antico detto: «Franza o Spagna, basta che si magna», adattato a ogni dialetto della nazione. Rinunciò quindi al suo intervento perché gli animi erano troppo "superriscaldati". Quanto alla telefonata di Davis, la linea era saltata più volte. E alla fine lui aveva detto di dover uscire per altri impegni e aveva rinunciato. Restava l'ultima carta: Andrea Darman. Mentre i più rumorosi evocavano "bombe nel cantiere", "picchetti sulle strade" e "valanghe artificiali" per fermare la nuova costruzione, il sindaco si ricordò dei suoi trascorsi di enigmista che l'avevano aiutato a diventare un oratore sorprendente almeno a inizio carriera, quando contava più sorprendere che rassicurare. Riuscì a zittire quasi tutti sbracciandosi, poi indicò l'uomo che gli stava alle spalle e disse: «Se non volete ascoltare me, ascoltate la... voce della regione». Il gioco di parole creò una tregua: risatine di chi l'aveva capito e silenzio riflessivo di chi ci stava provando.

Andrea si alzò in piedi. Non aveva preparato un discorso, pensava di andare a braccio, ma era stato anche lui spiazzato dal furor del popolo. Non era un politico, non era abituato a parlare in pubblico, non aveva mai affrontato una folla. Fu per questo che non pensò di pettinarla, ma andò serenamente contropelo. Si alzò e fissò un punto al centro della gradinata. Disse, senza alcun preambolo: «Questa non è una guerra. Non lo sarà. Non lo deve essere. La guerra c'è già stata». Nella pausa non si inserì alcun commento, non un grido. Li aveva presi alle spalle. L'unico rumore fu quello dei passi di qualcuno che scendeva dall'alto per cercare di raggiungere il centro, l'obiettivo dello sguardo di Andrea, che intanto riprese: «In guerra si è morti, da tutte e due le parti. Si è morti male, come si muore quando lo si fa stupidamente. Lo so, lo so, pensate che adesso stia offendendo la memoria di quei morti, ma nessuno più di me la onora, nessun altro ne porta il peso, perfino il nome. E ne ha altrettanta consapevolezza. Quegli uomini si sono uccisi tra loro, ma i più sono morti per aver dichiarato guerra all'ordine delle cose, all'inverno, al ghiaccio, alla montagna. Da una parte e dall'altra. E questo toccherà a noi, se faremo altrettanto: morire da entrambe le parti. Non è quello che volevate sentirvi dire, ma io vi dico che dobbiamo fermare la guerra da entrambe le parti. Che non va costruita un'altra funivia...» finalmente l'applauso scoppiò «... ma... ma... che anche dal nostro lato dobbiamo fermarci, scalare marcia, mettere un numero chiuso, qualcosa di simile... o perderemo tutto. Se non noi i vostri figli, se non loro i vostri nipoti. Più in là nel tempo non andrò».

Tacque all'improvviso. La persona che aveva raggiunto la destinazione del suo sguardo si abbassò il cappuccio del piumino e rimase a capo scoperto per un istante, rivelando una cometa di capelli biondi. Mimò un applauso silenzioso, poi risollevò il cappuccio, si girò e si allontanò.

Nessuno seppe come reagire alle parole di Andrea: né il pubblico, né il sindaco e neppure il Grande Bepi. Poi un tirante cedette e il papa sciatore si schiantò al suolo.

A quel punto la figura incappucciata era già nel parcheggio. Si scoprì la testa e respirò forte, ma non riuscì ad attenuare quel senso di nausea che le stava salendo. Erano giorni che la perseguitava, mai così forte come quella sera. Mormorò una silenziosa preghiera, strabuzzò gli occhi e sentì un brivido risalire lungo la gola. Mentre si chinava fece appena in tempo a raccogliere con la mano destra i lunghi capelli biondi dietro al collo per non sporcarseli e vomitò tra i suoi piedi, chiazzando gli stivali in coccodrillo da poco comprati in una boutique di Milano solo perché aveva visto un'attrice provarseli.

I programmi televisivi in cui ospiti che non sapevano niente parlavano di tutto. I dibattiti dopo una qualsiasi prestazione sportiva. Le code ai negozi nei giorni dei saldi. I musichieri nelle sale degli alberghi. I programmi radiofonici di dediche a richiesta. Le piste di pattinaggio. Le multiproprietà. Le cover delle canzoni straniere con il testo tradotto. Il piatto rustico della tradizione. Ma più di ogni altra cosa: le baite ristoranti lungo le piste da sci all'ora di pranzo. Questo Andrea detestava e invidiava. Lo stesso elenco avrebbe potuto adattarsi a Leonardo. Come fu allora che si ritrovarono insieme, per l'unica volta nella loro vita prima del Capodanno 1988, proprio in una baita lungo la pista da sci all'ora di pranzo, mentre a richiesta la radio dedicava una famosa canzone americana massacrata da una traduzione italiana e un esercito di multiproprietari ordinava il piatto rustico della tradizione, impilando piumini e giacche faticosamente comprati in saldo commentando l'esito di una partita o l'opinione espressa in televisione da uno che non sapeva di che cosa parlava, «e dopo tutti alla pista di pattinaggio»?

Il caso, che doveva pur metterli a breve distanza almeno una volta, data la vicinanza dei loro percorsi. La neve, che aveva preso a cadere così fitta da consigliare di interrompere la discesa per non finire contro un tronco o un altro sciatore. La certezza che a giudicare dalla struttura dei fiocchi sarebbe passata presto e avrebbero potuto andare di nuovo per la propria bianca strada.

Detto questo, Andrea sciava sempre, Leonardo quasi mai. Restava un fatto eccezionale.

L'ingresso di uno dei due in qualsiasi locale portava una ventata di freddo e spandeva silenzio. Leonardo aveva ereditato l'effetto del padre. Lui, non i suoi fratelli, incuteva soggezione. Lui era il Motta autentico, anche se il meno ortodosso. Taciturno, indaffarato, invisibile, proprio come suo padre. Da quando era tornato aveva ricondotto con sé lo stesso clima di attesa e sospensione dei tempi di suo padre. Qualcosa poteva accadere, vite potevano cambiare, il destino era in movimento.

Andrea produceva conseguenze simili per motivi diversi. Tutti avevano amato la sua famiglia, l'intera linea da cui discendeva: suo nonno, il ragazzo che non tornò mai dalla guerra sui monti; suo padre, l'uomo travolto da un seracco di ghiaccio. C'era in loro una diversa eredità: non soldi, ma sfortuna. Non imprese economiche, ma sventure personali. Andrea stava ai margini, ma tutti pensavano che se fosse entrato avrebbe potuto influire sul gioco. Probabilmente facendo qualcosa di straordinario per gli altri e devastante per lui. Ed è esattamente quel che sarebbe accaduto, ma non quel giorno.

La baita era una delle tante, tutte simili, nate dalla conversione di un vecchio maso. Sorgevano ai lati della pista, accanto alla strada o, al lato opposto, al limitare della foresta. Servivano tutte lo stesso menù. Piatti poveri come la polenta erano diventati l'attrazione per chi era cresciuto lontano da ogni forma di miseria. Anche l'arredamento era in serie, i cuori intagliati negli schienali delle sedie un obbligo, come le tendine ricamate e gli addobbi anche ad agosto. L'idea di pittoresco era una convenzione a cui si adeguavano sia i gestori che i clienti.

Gli schiamazzi dei bambini contrastavano quelli dei genitori. Da ogni tavolo salivano urla in tre lingue diverse. Speck, beer, bombardino le parole ricorrenti. Due cameriere affannate prendevano appunti come scolare diligenti aggrappate alla lezione. Si udivano in sottofondo le bestemmie in dialetto del cuoco. L'ingresso di Andrea fece abbassare il volume. Mise in sicurezza la sua piccola classe di sci nel tavolo d'angolo. Prese lui le ordinazioni (ancora: speck, beer, bombardino) e le trasferì al bancone. Aiutò la cameriera a portare i piatti. Lei lo ringraziò arrossendo e chinando la testa. L'universo intero reclamava dolci per rendere quella pausa altamente calorica. Nessuno sapeva che cosa fosse la torta della nonna, ma tutti ne volevano una fetta. Era come un investimento sicuro, da non farsi scappare, la variazione montana del popolo "panino e listino" di cui parlavano i giornali. Andrea rimase al bancone e chiese un'acqua tonica, con ghiaccio e limone. Appoggiò i guanti su uno sgabello, restando in piedi.

Leonardo entrò da solo. Perfino i turisti, che non lo conoscevano, percepirono un cambiamento nell'aria. Il cuoco si zittì, le cameriere accelerarono, quelli del posto accennarono un saluto e si sistemarono bretelle o colletti. La famiglia Motta era stata la loro torta della nonna. Ci avevano investito e qualcuno aveva avuto una fetta, i più briciole, ma qualcosa era comunque finito nel piatto. Dopo anni di inerzia, il ritorno di questo Motta aveva riacceso speranze, ma la sua idea aveva diviso il paese e la valle. Aveva aperto un nuovo fronte, si diceva usando termini militari, e a questo non erano pronti. Non tutti. In più c'era una nuova sensibilità, da fine secolo, un allarmismo degli ultimi giorni, la conservazione dei crepuscoli, il timore per la diminuzione di una risorsa che era sembrata irriducibile.

Non lo era: Andrea era uno dei pochi a saperlo. Lui lo constatava a occhio, stagione dopo stagione. Altri, scienziati, usavano strumenti. La conclusione era la stessa: il ghiacciaio si stava ritirando, la profezia del tenente austriaco si stava avverando. A crescere erano invece, e senza sosta, la temperatura e le presenze. L'ambiente si sarebbe modificato, nessuno poteva immaginare con quali conseguenze.

Andrea non era e non sarebbe mai stato un capo, troppo individualista. Ma era bastato che parlasse una volta perché le sue parole si propagassero e diventassero un monito. L'eremita pensa sia meglio di no. Neanche Bartleby era stato così efficace. Le discussioni potevano finire così: perché no? Perché lo dice l'eremita.

E perché sì? Perché lo dice un Motta. Ci ha mai tradito, un Motta?

Anche Leonardo andò al bancone. Chi li conosceva si fermò per osservare il duello. Chi non li conosceva era comunque colpito dall'implicita rilevanza dei loro gesti.

Un cenno appena, dall'uno e dall'altro.

Leonardo indicò con l'indice il bicchiere di Andrea: «Lo stesso».

Andrea finì con una sorsata la sua bevanda perché "lo stesso" non avesse più paragone.

Leonardo sorrise con un solo angolo della bocca, quello che l'altro non poteva vedere. Andrea gli piaceva, per come sciava, per la vita che si era scelto, per la sfortuna familiare. Posò il bicchiere accanto al suo. Erano come due torri di cristallo, di quelle che si pensa non crolleranno mai. Il ghiaccio brillava. Il limone la cameriera se l'era scordato e non le era stato fatto notare.

Andrea fece per infilarsi nuovamente i guanti e uscire, ma esitò.

Leonardo fu tentato di offrirgli la mano, ma non lo fece.

Ognuno misurò l'intenzione dell'altro e la distanza alla quale si erano fermati. Erano pari. Ci sarebbe stata una rivincita, ma il risultato non sarebbe cambiato.

Alla fine fu Andrea a rimanere, guardando Leonardo andarsene aprendo la porta a vetro. La sua famiglia, moglie e figlia, era venuta a prenderlo, stava davanti all'auto e lui non voleva farla aspettare. Si voltò prima di salire e vide che Andrea si era mosso, dal bancone alla grande finestra. Non stava guardando lui, ma sua moglie, che impartiva ordini secchi alla bambina. Si mise lei alla guida, come faceva sempre. Accese la radio a un volume tale che uscì dall'abitacolo, accelerò in retromarcia sollevando una nuvola bianca, derapò e partì. Leonardo le accarezzò la mano destra che stringeva il volante più del necessario.

❄

Considerava un ritardo come una sconfitta. Non aveva mai mancato una scadenza in tutta la sua vita e se ne faceva vanto. Per tutti, o quasi, la scadenza è un incubo, la data prefissata che per un effetto ottico sembra lontana, ma più ci si avvicina e più aumenta la velocità con cui viene incontro. Per lui era uno stimolo. Non considerava casuale il fatto che in inglese si traduca "deadline", una linea mortale, il confine oltre il quale, se non realizzi quanto dovuto, sei finito. Anche questo trovava opportuno: assomiglia a una condanna, con la possibilità della grazia però; per ottenerla bisogna rispettare i tempi. Fin da bambino per Leonardo era stato uno stimolo, adrenalina che gli dava la forza per riuscire. Se non aveva una scadenza se la imponeva. Si motivava ancor di più aggiungendo una fantasiosa punizione se non fosse riuscito. Cose come: «Devo ricordare i nomi dei presidenti della Repubblica entro cinque minuti o quest'inverno mi romperò una gamba». Rischiò, ripescando l'ultimo a dieci secondi dalla fine del tempo a disposizione, e riuscì a salvarsi l'arto. O così credette. Era diventato uno stato mentale: ogni cosa nella sua vita andava fatta "entro e non oltre". Un ragazzo prima e un adulto poi che si era diplomato, aveva guadagnato il suo primo milione, si era sposato, tutto entro la scadenza. Per non morire, altrimenti. A chi gli diceva che così facendo si rovinava l'esistenza e gli sarebbe scoppiato il cuore ribatteva che non sarebbe successo se avesse onorato qualsiasi scadenza, data o autoimposta. Per come la vedeva lui, un mondo senza deadline sarebbe stato invivibile: pagamenti rinviati, manoscritti incompiuti, risposte non date. Insegnanti invecchiati alla cattedra in attesa della consegna dei compiti. Fidanzati inginocchiati con l'anello in mano e l'artrosi alle gambe aspettando un sì. Ultimatum cancellati dal dizionario e dalla vita pubblica. Rapitori che non sanno quando tagliare l'orecchio all'ostaggio (è un problema pure quello), presidenti impazienti ma bloccati all'idea di bombardare una capitale lontana. La scadenza può far soffrire da studenti, spaventare nella vita lavorativa, eppure manda avanti le cose. Per lui era anche eccitante. «Come nel sesso la pratica dell'autostrangolamento. Ti troveranno impiccato a una calza di nylon infilata nel battente dell'armadio» aveva osservato un suo amico.

«No, perché rispetterò sempre ogni scadenza. E anche perché quella roba lì, sinceramente, non saprei neppure da dove cominciare...»

Anche il primo figlio era nato entro il termine prefissato. Una bambina, di cui era innamorato in modo altrettanto ossessivo. La sola cosa di lei che non adorasse era il nome. L'aveva scelto sua moglie. Avendo sofferto più del normale per darla alla luce si era impuntata: era suo diritto. Leonardo aveva accettato, ma pronunciava quel nome solo se richiesto per motivi ufficiali. Per il resto: Didi. E basta.

Il problema vero era invece che stava per non rispettare una scadenza. Anche questa se l'era inflitta da solo. All'avvio dei lavori della funivia aveva proclamato pubblicamente che sarebbe stata varata entro la fine del 1987. Era l'ultimo giorno dell'anno e ancora niente. Il collaudo era fissato dopo la fine delle festività, il giorno dopo l'Epifania. Inaccettabile, dal suo punto di vista. Nessuno gli rinfacciava il ritardo, considerato impercettibile, tranne lui stesso. Non avrebbe mai barato giocando a scacchi da solo. Non poteva perdonarsi un peccato di cui fosse consapevole. Questione di coscienza, diceva. Confondi la coscienza con il puntiglio, gli si obiettava, il dovere con la superstizione. Perché si era ovviamente convinto che, se la prima corsa della funivia non fosse stata compiuta entro Capodanno, lui sarebbe morto.

Fu per questo che dal risveglio lo corteggiò un'idea che a fine mattinata l'aveva sedotto e a pranzo già era un'ossessione: collaudare, lui stesso, la funivia entro mezzanotte. Anzi, proprio di notte, perché non se ne accorgesse chi poteva obiettare, proibire o sanzionare. Avrebbe chiamato il suo uomo di fiducia, il suo "attendente" come lo chiamava con gergo militare, che non avrebbe mai detto no. E uno degli operai, al quale avrebbe pagato il più grosso degli straordinari. Sarebbe andato e tornato entro la mezzanotte, si sarebbe fatto una serie di autoscatti per dimostrarlo. Avevano già azionato le cabine per brevi tratti e tutto aveva funzionato, si trattava soltanto di allargare l'esperimento e farlo riuscire. Era in programma il solito cenone a casa loro: almeno sei coppie di amici con relativi figli. Sarebbe scivolato fuori con una scusa, avrebbe infilato piumino e scarponcini chiodati lasciati nell'ingresso. Sua moglie non se ne sarebbe accorta. Si accorgeva ancora di lui?

Accolse gli ospiti. Parlò poco, meno del solito, perché non si notasse la sua assenza. Si alzò due volte per telefonare, all'attendente, tutto a posto, e all'operaio. Questo, all'ultimo momento, si ritirò. Disse che la cifra non era sufficiente per fargli lasciare la famiglia quella notte. A domanda precisò che non esisteva una cifra sufficiente. Licenziato. Pazienza. Buon 1988, signore. La rubrica telefonica con i numeri degli altri operai era in ufficio. Avrebbe fatto da solo, l'attendente conosceva perfettamente i comandi. Bastavano loro due. Perché poi, mentre si sfilava per uscire, si fermò al tavolo dei bambini? Perché chiese a Didi se voleva andare con lui a fare una cosa segreta, da non dire neppure alla mamma? E certo che lei rispose sì, con la testa, perché era già in missione con il suo amato papà. Anche piumino e scarponcini della bambina erano all'ingresso, come sempre. Fuggirono verso l'auto soffocando le risate. Erano felici, ma la loro allegria aveva una scadenza.

La mezzanotte si avvicinava. Il rifugio del ghiacciaio si trovava a poche decine di metri dal crinale, sul lato orientale. Da lì avrebbe dovuto partire la fiaccolata di Capodanno, guidata da Andrea. Il programma tutto compreso prevedeva la cena in quota e poi la discesa illuminata dalle fiammelle, nella scia del maestro. All'arrivo, brindisi di mezzanotte. La cifra era ragionevole, le aspettative alte. Era una delle occasioni per fare in notturna la famosa sciata M (risalita-discesa-risalita-discesa) su diverse piste. Nel pomeriggio, prima della chiusura degli impianti, ne avevano compiuto i tre quarti, mancava soltanto il finale. Il numero chiuso dei partecipanti era nove, più Andrea. Si erano rivelati tutti piuttosto abili con gli sci ai piedi, ma ora si presentava un problema: stavano bevendo troppo. Cinque di loro erano stranieri, quattro del Centro Italia. Le donne erano soltanto due e, pur bevendo meno, non sembravano destinate a reggere più dei loro accompagnatori. Il gestore del rifugio pensava al proprio interesse: più consumavano e più il conto aumentava. Se poi fossero crollati li avrebbe ospitati per la notte, a pagamento.

C'era un secondo problema: la temperatura era calata di colpo. La situazione meteorologica peggiorava mentre la si osservava. Le previsioni erano lontane dall'infallibilità, la bufera era nell'aria, sì: ma per i giorni a venire, si era detto. Che fretta c'era?

«Dobbiamo partire adesso. Scusate! Ho detto che dobbiamo scendere!»

Andrea cercava invano di farsi ascoltare. Quattro dei presenti erano ubriachi, altri quattro pensavano soltanto a diventarlo. Un uomo oltre la quarantina fu l'unico a voltarsi e a fissarlo. «Sicuro?» chiese.

«Sicuro. Tra poco sarà troppo tardi. Già adesso si sta ghiacciando, bisogna stare attenti e... essere in gamba.»

«Io sono in gamba» disse l'uomo.

«Non ne dubito, ma l'ho vista in difficoltà sulle cunette nell'ultima discesa e qui non le vedremo prima, le cunette...»

«Io sono un vicepresidente.»
«E questo, scusi, che cosa dimostra?»
«Che posso decidere.»
Prese atto che vicepresiedere una struttura, quale che fosse, dava il diritto ad affrontare la pista gelata, di notte, con una fiaccola in mano. Era assicurato contro i danni delle comitive, perché avrebbe dovuto opporsi? Perché pretendere la logica quando c'era un biglietto da visita? Non provò neppure a richiamare gli altri. Disse: «Andiamo». E il vicepresidente lo seguì. Non salutò nessuno, forse voleva scendere proprio per staccarsi da tutti con un gesto di superiorità fisica e morale: l'audacia del vacanziere.

Quando Andrea aprì la porta si rese conto di quanto davvero facesse freddo. Dal loro arrivo c'era stato un crollo di una decina di gradi almeno. Un'anomalia, una minaccia da sventare arrivando a valle nel minor tempo possibile. Posò gli sci a terra e li agganciò. Si caricò sulle spalle lo zaino dove aveva messo scarponcini e ramponi da ghiaccio, corda e chiodi in caso di emergenze, se qualcuno fosse scivolato fuori pista o, peggio, in un dirupo. Si girò e vide che l'altro non riconosceva i propri sci. Cercando tra la fila appoggiata alla rastrelliera li fece infine cadere tutti. Uno, scuro, partì da solo verso valle. Il proprietario avrebbe avuto i suoi guai l'indomani.

«Eccoli!» proclamò l'uomo scegliendone due a caso, diversi tra loro. Andrea intervenne per riuscire a creare una coppia. L'uomo lo lasciò fare, ma solo perché si ricordò che stava pagando quel servizio. Andrea dovette chinarsi per assicurarsi che l'aggancio fosse riuscito, non fidandosi del suono prodotto. La fiaccola era una pretesa eccessiva: si sarebbe bruciato portandola. Accese la sua e gli raccomandò: «Mi stia vicino, il più vicino possibile». Si sarebbe assicurato di non trovarselo sulle code. La giusta distanza, come sempre. Si avviò sul piccolo sentiero mulinando il braccio libero, si fermò come a un immaginario cancelletto di partenza. Stava per darsi la spinta quando sentì un conato alle sue spalle, seguito dall'inconfondibile rumore emesso da qualcuno che vomitava, avendone una, l'anima. Il vicepresidente era ripiegato su se stesso e si teneva ai bastoncini. Quel che aveva mangiato era riapparso in una pozza tra gli sci tenuti prudentemente allargati. Neppure lui avrebbe partecipato alla fiaccolata di Capodanno, ad Andrea era rimasto in mano il cerino acceso. Il dirigente si accasciò sulla neve e la usò per ripulirsi la bocca. Dal locale uscirono il gestore e un cameriere per aiutarlo a togliersi gli sci e rientrare. Quando la porta si richiuse, cancellando il rumore della folla all'interno, Andrea tirò un gran respiro: inalò sollievo e liberazione. Si sarebbe potuto concedere qualche evoluzione che non avrebbe mai tentato se avesse avuto una comitiva di allegri dilettanti alle spalle. Il vento era sempre più forte e gelido, la fiamma si sarebbe spenta, tanto valeva rinunciare, dal paese non l'avrebbero vista comunque. Osservò le luci nella valle: erano più di quante ricordava l'anno passato, molte più di quando era salito per la prima volta di notte fino alla cima. L'espansione turistica era misurabile a vista d'occhio. L'aveva sempre considerata eccessiva e pericolosa: alberghi con lunghe pause, seconde case vuote per due terzi dell'anno, impianti che deturpavano il panorama, valanghe di canederli, piste di speck, montagne di polenta. Quei pinguini colorati e goffi venuti dal Sud o, peggio, da quel Nord che avevano combattuto. Le patetiche esibizioni a rimorchio sulla neve compattata per loro, trasportata per loro, contornata per loro. Nuovi padroni. Però davano lavoro. I giovani non se ne andavano più a cercare fortuna altrove. Non in Sudamerica come i nonni di molti, non nelle città, come i padri o i suoi coetanei. Cuochi e camerieri, gestori di pub e sale giochi. Sciare fino alle cinque, mangiare fino alle dieci, ballare fino a mezzanotte. E ricominciare. In fondo anche lui viveva di quello: se non avesse dato lezioni di sci come avrebbe potuto mantenersi, seppur da eremita, su quella montagna? Era arrivato il tempo di fare pace non con il progresso, come dicevano, ma con l'avanzata del nuovo, fare pace per fermarla lì, prima che travolgesse ogni cosa restante. Accettare le creazioni della modernità a patto che si fermasse: ultima corsa verso il futuro, poi stop. Una funivia ha una velocità controllata, se non la rispetta sono guai. La sua sensazione era che si fosse pigiato troppo il piede sul pedale e mancassero la forza e la volontà per sollevarlo. I dati, ma anche la memoria, segnalavano che il cambiamento stava accelerando. Lo schianto poteva non essere lontano. Mentre lo pensava avvertì un ronzio che non avrebbe dovuto sentire e vide, al fondo dell'altro versante, qualcosa che non avrebbe dovuto vedere: la cabina della funivia in costruzione che iniziava la sua ascesa.

Ogni bambino che sale su una funivia è apparentemente felice, segretamente terrorizzato. O viceversa. Mischia quei due stati d'animo e il prevalente affiora sulla superficie, nell'espressione del viso. È contento perché va, insieme con i genitori e la famiglia, verso il cielo, affronta una prova, circondato dall'affetto e dal conforto che cercano di infondergli una sicurezza contrastata dalla sua breve esperienza di vita. Che cosa regge veramente quelle casse di metallo? Quali garanzie fornisce il cavo? Di che cosa è fatto? E, soprattutto, perché quegli stessi adulti che gli ingiungono di stare lontano da ogni pericolo, anche immaginario, adesso lo stanno conducendo ad appendersi lassù? Evidentemente sanno cose che lui non sa. Calcoli di probabilità che dimostrano sia meno rischioso che attraversare la strada da solo, dati sulla manutenzione che hanno letto chissà dove. Per cui si fida, ma non sa davvero perché. Quel che sa è che deve dimostrarsi tranquillo, non esibire le emozioni, "fare il grande", schernire la mamma che magari un po' di paura la manifesta. Il tragitto in funivia è una prova di maturità, se lo fai accompagnato. Una follia imperdonabile, se sei da solo.

Un bambino guarda la strada sospesa dal lago alla montagna: pensa che sta per vivere un incantesimo e quanto ne farebbe volentieri a meno. I ragazzini degli anni Ottanta hanno già provato, se non tutto, molto. Ogni città ha un parco divertimenti con le sue montagne russe o altri infernali termometri di audacia senza scopo. Tutte queste sono esperienze controllate, in un ambiente innaturale: la stanza o la rotaia all'interno di un luna park. Soltanto la natura trasmette il vero senso del rischio, soltanto la montagna ti guarda dall'alto in basso ricordandoti che violare la distanza può avere un prezzo.

Per quante funivie o altri impianti di risalita si siano presi nel corso degli anni, c'è sempre un nervosismo camuffato ad accompagnare l'ascesa. C'è sempre chi vuole stare nella posizione che guarda avanti, credendo di limitare l'effetto del dislivello. I più piccoli entrano schiamazzando per coprire la voce della paura. Se tacciono è perché stanno cercando un passaporto mentale per l'altrove.

Sul primo impianto della propria vita, come in situazioni analoghe molte volte in seguito, si ricompongono filastrocche o si trasloca in un ricordo cui s'impone la forza del presente. È lo stesso espediente che si userà, molto più avanti negli anni, durante una risonanza magnetica. C'è qualcosa di simile: sei chiuso in un contenitore, rinunci al controllo di quel che ti accade, aspetti finisca. E qualcosa di profondamente diverso: non sei solo.

Un bambino in funivia cerca la mano del genitore più affidabile o l'apposito sostegno. Nasconde con il pudore di cuffie e guanti sudori e tremori. Rileva come un minuscolo sismografo le reazioni altrui. Si rincuora per le battute di spirito, ma ancor più per le banalità che proseguono da terra, come se si fosse in autobus. Guarda davanti. Evita il richiamo del paesaggio a valle. Foss'anche un lago perfetto, con tre isolette al centro, tre cuori che si riducono e scompaiono, ma non smettono di pulsare. Foss'anche il suo paese trasformato in presepe. Teme, annunciato, il cambio di andatura in prossimità del pilone. Gliel'hanno spiegato, ma le parole non preparano a quel suono, a quel momento sospeso in cui è inevitabile sobbalzare, trattenere il respiro, stringere i denti o provare una risatina forzata. È una sorta di contrattempo concordato, uno scarto simulato del destino, dopo il quale tutto riprende. Ma come lo puoi sapere, prima? Per un bambino non ci sono possibili paragoni con il passato, con gli intoppi superati, i falsi arresti.

Tutto è decisivo, l'intera esistenza è una inspiegabile fatalità che si regge su men che la forza dell'acciaio.

Occhi sempre avanti, come è stato consigliato, si vede già l'approdo, il cavo sembra teso, le rotelle lo agganciano, il gioco appare montato come si deve e quel rumore non è, non può essere, niente. Si è felici, scampato un male maggiore; si può riprendere a programmare la vita, come fosse possibile: i bambini lo imparano lì, che è appesa a un filo.

E un filo avrebbe trascinato la scatola di metallo dentro cui stavano entrando padre e figlia, Leonardo e Didi, con un diverso orgoglio e un differente destino.

❄

Didi teneva lo sguardo avanti. Era salita nella cabina stringendo la mano del genitore. Considerava l'attendente una specie di zio, tante erano le occasioni in cui appariva al suo fianco. Gli zii veri, invece, non si facevano vedere mai: sapeva soltanto che esistevano e che non se ne doveva parlare. Un paio di volte sua madre aveva accennato qualcosa che li riguardava e il padre aveva opposto un ostinato silenzio, o cambiato discorso. La costruzione della funivia aveva tagliato l'ultimo filo. Era contenta di salirci, perché l'altra non gliel'avevano mai fatta prendere. Sciava già, ma sulla pista più corta e facile, quella per cui bastava lo skilift, un arnese che detestava. Avendo ereditato l'ingegno paterno, disegnava spesso sistemi di risalita alternativi e futuribili, il suo preferito era un cappellino a elica con il quale lo sciatore poteva tornare facilmente in quota, evitando di aggrapparsi a un bastone oscillante. Il padre le aveva promesso che ci avrebbe lavorato, non appena finita la funivia, e la funivia, a quanto pareva, era finita. Ci erano saliti, era stato dato il segnale che tutto era pronto, si poteva partire. L'attendente era entrato nella sala tecnica, dove i comandi erano già in funzione, le spie accese. Avrebbe voluto vedere in volto l'ingegnere mentre partiva, leggere la sua soddisfazione. L'emozione della piccola, anche. Gli restava però la sua, all'interno di quella stanza dal cui finestrone avrebbe pur visto la cabina salire lungo la doppia fune, magari si sarebbero girati a salutare, anche se l'oscurità non gli avrebbe mostrato i loro sorrisi.

Via. Sentì il suono inconfondibile della partenza: un misto di clangore e fruscio, la grande scatola di metallo che si disancora e si trascina con la corrente aggrappata al cavo. Eccola che va. L'ingegnere si girò verso destra, forse cercando le luci di casa, sua figlia restò puntata in avanti, irrigidita. La spaventava l'avvento di qualcosa che non avevano previsto: la nebbia. Si era formata improvvisamente e da sotto, con il buio, confusa con la neve. Il padre strinse gli occhi per mettere a fuoco quel fenomeno. «È nebbia ghiacciata» disse.

Spiegò: «È molto strano, di solito avviene al Polo Nord, quello dove sta Babbo Natale, perché bisogna che le temperature vadano sotto zero, e non di poco. Quando siamo usciti non sembrava così freddo, vero?».

«Non tanto» rispose lei, benché avesse avuto i brividi e adesso fosse bloccata da una sensazione di paura mista a dovere.

«La temperatura deve essere scesa di botto, ecco perché. Vedi? Ci sono delle goccioline d'acqua a mezz'aria, congelate in piccolissimi cristalli di ghiaccio...»

«Credevo fosse neve.»

«No, Didi. È la nebbia. Per quello non si vede quasi più niente, ma ormai dovremmo essere...»

Il cambio di suono terminò la sua frase come una conferma: erano al primo pilone. Poi il secondo, l'arrampicata finale e il giro della vittoria, prima di ridiscendere, senza mettere piede a terra. Aveva previsto un carosello privo di pause, soltanto una dimostrazione, una scadenza rispettata, poter dormire senza sensi di colpa o ansie per l'esito di un esame. Superato. Tutto bene. Basta.

La bambina pensò di fare domande per distrarsi e, questo effetto era una sua convinzione, arrivare prima.

«Quanto siamo alti?»

«Da terra, intendi?»

«Sì.»

Mentì: «Poco».

Poi pensò che sarebbe stato più rassicurante dire un numero: «Sette, cinque...».

La bambina, a differenza di lui e anche della madre, aveva il senso dell'umorismo. «Pensavo di più» disse, ma senza guardare in basso, anche se la nebbia le avrebbe impedito di vedere il suolo.

Poi, immancabile, la domanda di tutti i bambini del mondo, in ogni luogo, durante qualsiasi spostamento: «Quanto manca?».

«Un paio di minuti alla giravolta, poi torniamo giù... cioè, indietro.»

Indietro era meglio di giù, non evocava cadute.

Di minuti ne mancavano ma non c'era un orologio visibile che potesse contarli. Da quando era calata la nebbia, per lei sarebbero stati comunque tanti. Non troppi, perché era una bambina coraggiosa: voleva esserlo e ci riusciva.

Leonardo cercò di contattare la stazione di partenza per assicurarsi che sui monitor tutto fosse regolare, ma la comunicazione con le ricetrasmittenti non era possibile. Rinunciò, tanto fra poco sarebbero stati al secondo pilone, la cima non era lontana.

«Quanta gente ci starà qua dentro?»

«Fino a quarantotto persone per volta, con gli sci. Se siamo bravi, e se il cielo ci manda tanta neve, l'anno prossimo faremo il tutto esaurito.»

«Bravi come? A fare cosa?»

«La pubblicità, per esempio, perché la gente deve sapere che c'è anche questa funivia... l'altra faccia della luna... il rovescio della medaglia...»

«Quale medaglia?»

«È un modo di dire. Forse non è neppure giusto, non siamo un rovescio, il lato B del disco...»

Iniziava a confondersi. Anni di sicurezze acquisite si stavano perdendo nella nebbia di quella notte.

«Insomma, chi non vorrebbe avere una pista in più?»

«La mamma...»

«Tua madre scierebbe anche sul tetto.»

«Lei sì, ma diceva che c'è gente che non la voleva, questa pista.»

«Ah... sì... certo... so io chi non la voleva... loro... quattro che intagliano il legno e l'eremita dei boschi.»

«Chi è?»

«Niente, nessuno...»

Le accarezzò la testa per rassicurarla e in quel momento, a due metri dal secondo pilone, la funivia si bloccò.

Un improvviso silenzio può essere più terribile di un boato. La cabina rimase così, ancorata nel nulla. Non dondolava neppure, anche il vento si era fermato. Restava immobile e muta.

«Adesso riparte» assicurò Leonardo. «Vedrai» aggiunse.

Era già avvenuta un'inversione dei ruoli: lui era preoccupato, lei tranquilla.

Lui temeva che quello stop potesse essere un preavviso di fallimento. Un sintomo, non un vaticinio: un malfunzionamento che annunciava guai. Qualcosa non andava. Se non fosse stato un problema in futuro, lo era certamente per quella sera. Dovevano tornare in tempo per la mezzanotte, anche prima. Il giro della funivia non avrebbe dovuto durare più di un quarto d'ora, si sarebbero assentati una mezz'ora in tutto e, se avessero avuto fortuna, sua moglie sarebbe stata troppo impegnata con gli ospiti e le chiacchiere per accorgersene. Altrimenti le avrebbe detto una bugia bianca: una corsa in paese, una piccola lezione di astronomia, qualunque cosa, tanto non ci sarebbe stata l'occasione per approfondire. Al risveglio avrebbe potuto anche dire la verità. Si sarebbe infuriata perché aveva portato la bambina, ma le sarebbe passata, ormai era fatta. Ma se fossero rimasti a lungo sospesi lassù? Se si fosse avvicinata la mezzanotte, e se avessero dovuto venire a cercarli, e se li avessero trovati lì?

A valle l'attendente doveva essersi accorto del guasto, pensava Leonardo, e comunque il passare del tempo l'avrebbe insospettito. Avrebbe notato che la cabina era ferma, che qualcosa di strano era successo. E allora? Avrebbe atteso per lanciare l'allarme: poteva screditare il nuovo impianto. Quanto avrebbe aspettato?

Faceva freddo nella cabina. Leonardo copriva la bambina con il suo corpo e questo l'obbligava a stare fermo, mentre avrebbe voluto camminare da un lato all'altro, cercare un indizio, qualcosa che gli facesse capire che cosa stava succedendo. Una normale interruzione o un guasto? E, nel caso, provocato da che cosa?

«Sì, adesso riparte» era lei a confortarlo.

«Hai freddo?» Domanda stupida, l'avrebbe costretta a farci caso, indotta a provare quella sensazione anche se l'avesse fin lì dominata.

«Un po', ma non tanto.»

«Bene, tra poco saremo a casa, davanti al fuoco. E diremo che siamo andati a prendere...»

«Che cosa?»

Leonardo aveva capito, perché aveva visto. Era il ghiaccio. Si era formato in modo quasi istantaneo sulle rotelle bloccando la corsa della fune. La temperatura era precipitata: una velata artica a quasi tremila chilometri dal circolo polare. I minuti passavano e il freddo cresceva. Era sempre più agitato perché sapeva che in quelle condizioni il ghiaccio non si sarebbe sciolto e la cabina non sarebbe ripartita. Il suo uomo a valle avrebbe dovuto assumersi la responsabilità di chiamare i soccorsi, ma ad assumersi responsabilità non l'aveva preparato, anzi. Sentiva le palpitazioni aumentare, la spina dorsale diventare di vetro. Era colpa sua e non poteva ricadere su sua figlia, si diceva. Continuava a guardare in alto, avrebbe voluto pregare perché succedesse qualcosa, perché intervenisse qualcuno.

Fu la bambina a guardare in basso e dire: «Papà, c'è uno... ci ha visto!».

Dal punto di vista di Andrea quella cosa che non avrebbe dovuto esserci, la cabina della funivia, stava facendo qualcosa che non avrebbe dovuto fare: si era fermata. La guardava con lo stupore con cui avrebbe osservato una seconda luna. La differenza era che quello sarebbe stato un fenomeno naturale e l'avrebbe lasciato a bocca aperta, questo era sicuramente un problema umano e gli faceva aggrottare le sopracciglia. Non riusciva a vedere l'interno, ma era certo che lì, intrappolato, ci fosse il responsabile di quella situazione. Non gli era bastato costruire la funivia nel posto sbagliato, ma aveva anche voluto metterla in moto nel momento peggiore. Probabilmente si era portato gli invitati alla sua festa di Capodanno e una bottiglia di champagne per il varo, più un'altra da stappare in cima. Una magnum, immaginò Andrea, che ora gli si stava scaldando tra le mani improvvisamente sudate, mischiando sul vetro le goccioline provenienti dalla bottiglia e dalla pelle. Poteva chiamare i soccorsi con la trasmittente, sicuramente ne aveva una accesa. Un simpatico imprevisto che avrebbe anticipato i festeggiamenti appena dissolta la tensione. Guardò in alto, aspettandosi di sentire già l'elicottero, ma non udì né vide niente: solo nebbia, silenzio e quella scatola di metallo ferma. Le condizioni meteo non consentivano il decollo.

Aspetteranno, pensò. Fece per dirigere gli sci a valle, ma gli parve di scorgere qualcosa di strano oltre il vetro: una figura che vi premeva contro, muovendosi ripetutamente per farsi notare, qualcosa di ancor più incongruo della cabina stessa, un bambino, o una bambina. Possibile che fosse l'unico passeggero? Che fosse salito per sbaglio e avesse avviato la funivia? Si avvicinò per avere una visuale migliore. Era davvero qualcuno, molto piccolo, che batteva sul vetro le mani, finché vennero fermate da un'altra presenza, alle spalle, quella di un adulto. Leonardo Motta aveva una figlia, di quattro o cinque anni, non ricordava, probabilmente erano loro. Andrea alzò un braccio. La bambina si svincolò dalla presa del padre e rispose sventolando le mani. Gli parve di sentirla gridare, ma non poteva che essere un'impressione. Adesso non poteva più tirarsi indietro. Salì a scaletta di qualche metro e osservò il pilone diventato irraggiungibile per la cabina. Guardò a valle: tra la nebbia filtravano luci, nessuna interruzione di corrente. La sola spiegazione possibile era che l'improvviso calo di temperatura avesse prodotto ghiaccio sulle rotelle, tanto da bloccarle. I denti erano intasati dal ghiaccio, non giravano più e i cavi non riuscivano a scorrere.

La stazione di partenza era ormai invisibile, quella d'arrivo un miraggio. Occorreva intervenire sul percorso per rimettere in movimento la funivia. Alzò gli occhi alla vetta del pilone: era lì che bisognava arrivare. Si tolse gli sci e li conficcò nella neve. Piantò le racchette di fianco. Aprì lo zaino e ne estrasse la corda. Se la fece passare dalle spalle ai fianchi con una serie di giri, poi annodò i due capi sporgenti per tenerla ferma. Calò il berretto sugli occhi, strinse meglio i guanti e si avvicinò al pilone. Si guardò i piedi: con gli scarponi da sci l'ascesa sarebbe stata impossibile. Se li tolse. Aveva calzettoni di lana spessa e, nello zaino, una sciarpa. La prese, la mise tra i denti e tirò per dividerla in due parti. Quando ci fu riuscito ne avvolse ciascuna a un piede e, sentendo che il freddo gli concedeva poco tempo, cominciò ad arrampicarsi. La sua sola fortuna era l'assenza di vento. Guardava in alto, senza cercare di calcolare quanto mancasse. Tentava di vedere dove si fosse formato il ghiaccio, ma era ancora troppo lontano. Una cosa però già sapeva: non aveva con sé strumenti per romperlo, avrebbe dovuto tentare con le mani e ogni secondo trascorso avrebbe reso più difficile riuscirci. Provò a salire più rapidamente, ma non poteva ridurre le cautele. Il metallo era scivoloso e doveva avanzare strisciando sui tubi diagonali invertendo il senso quando passava da uno all'altro. Quando fu all'altezza della cabina sospesa volse la testa per guardare e vide quel che aveva immaginato: una bambina e un uomo. Lei teneva i palmi appoggiati al vetro e lo fissava con occhi sbarrati e pieni di aspettative. Lui era più indietro, le mani sulle spalle della figlia, e aveva lo sguardo perso nel vuoto, come se non fosse presente a quel che stava accadendo. Andrea non cercò di stabilire alcun contatto, non ne aveva il tempo e non avrebbe saputo quale messaggio mandare. La sincerità avrebbe spalancato un altro vuoto: come poteva essere certo del proprio esito? Poteva solo scoprirlo andando avanti ma dovette fermarsi per muovere le dita dei piedi e assicurarsi che non stessero perdendo la sensibilità. Cercava di proteggere le mani perché avrebbe avuto bisogno della loro completa funzionalità per spezzare il ghiaccio. Nessuna arrampicata era stata altrettanto faticosa o rischiosa. Aveva sempre usato i chiodi, mai senza il loro appiglio. E la roccia gli era stata più amica dell'acciaio. Tuttavia arrivò in cima. Prima di guardare il cavo guardò ancora la cabina.

Dal punto di vista di Didi la sua scalata era stata un crescendo di speranza. Quell'uomo, chiunque fosse, poteva fare qualcosa per liberarli, per rimettere in movimento la funivia. Non capiva come, ma vederlo aggrapparsi al pilone per scalarlo le aveva trasmesso la convinzione che sapesse quel che stava facendo. Un uomo che sale è un uomo che ci prova, un uomo in cima è un uomo che ce l'ha fatta. Erano convinzioni infantili, o forse era la legge del mondo, semplificata a uso dei bambini. Faceva il tifo per lui, si affidava a lui perché aveva compreso che l'altro adulto sulla scena, suo padre, pur restando presente, era sparito. Le dita che inizialmente erano sembrate artigli sulle sue spalle erano divenute impalpabili, avrebbe voluto voltarsi per assicurarsi che ci fosse ancora, ma non voleva perdere di vista quell'altro uomo che si muoveva nell'oscurità.

Andrea si reggeva al pilone con la mano sinistra, con la destra colpiva il ghiaccio, cercando di frantumarlo, ma invano. Soltanto poche briciole danzarono nell'aria. E già la mano gli doleva. Capì che doveva provare diversamente. Era un teorico dei piani B: non si avventurava mai per una strada senza averne studiata una di riserva. Aggrappato al sostegno girò lentamente lo zaino sul davanti, lo aprì e sfilò il bastoncino degli sci che si era portato. Con la punta di ferro iniziò a colpire il ghiaccio, con un movimento preciso e un'insistenza crescente. Fece una pausa per constatare che aveva ottenuto poco, ma già qualcosa in più rispetto alla forza delle mani. Riprese, anche perché lo aiutava a non sentire freddo, sempre usando il braccio destro in cui aveva più forza. Un colpo gli uscì sbilenco e temette che il bastone potesse spezzarsi. Lo controllò, ma ebbe il sospetto che fosse un inconscio desiderio di prendersi un'altra pausa e ripartì con rinnovato slancio, più forte e ancora più forte, finché gli rimase incastrato. Cercò di smuoverlo, liberò l'impugnatura dal polso per avere più gioco e gli scivolò di mano. Per un istante vide il bastoncino perpendicolare davanti a sé, aggrappato al ghiaccio, poi precipitò a candela.

La bambina emise un gridolino e si portò le mani al volto. Sentì quelle del padre rifarsi pesanti sulle spalle, ma non poté accorgersi che gli era affiorato un sorriso: non era così che voleva essere rimesso in moto. Non era da quell'uomo che voleva essere salvato. Andrea aveva chinato il capo come se avesse accettato la sconfitta, ma stava solo preparandosi al piano estremo. Faceva riposare le braccia prima di affrontare la prova che avrebbe richiesto loro un grande sforzo. La cabina era a due metri. Non erano pochi, ma neppure troppi: si era fermata al confine delle sue possibilità. Prima che il vento aumentasse doveva provarci. Si aggrappò saldamente al cavo con una mano e poi con l'altra. Lanciò in aria le gambe e le avvinghiò: adesso era in posizione e l'inclinazione l'avrebbe aiutato. Cominciò a farsi scivolare lentamente tenendo lo sguardo fisso sulle proprie ginocchia. Accelerò quando sentì che le dita cominciavano a perdere sensibilità. Chiuse gli occhi e avanzò fino a quando sentì il contatto con la struttura di metallo a cui era collegata la cabina. Quando riaprì gli occhi vide il gabbiotto e la scaletta da cui era possibile scendere sul tetto e non esitò a farlo. Le sue calzature improvvisate erano fradice, fu attento a non scivolare sui pioli. La parte più difficile era restare in equilibrio sul tetto, ma la vera impresa sarebbe stata entrare nella cabina.

Il rumore prodotto dai suoi piedi quando era atterrato aveva fatto sobbalzare sia la bambina che il padre. Oscuramente lo percepirono come un assalto piuttosto che un prologo alla salvezza. Lei si girò, si guardarono: non esisteva un'altra possibilità. Leonardo intimò alla figlia di restare aggrappata al corrimano laterale, quello più lontano, e di non muoversi per nessuna ragione. Si avvicinò alla porta e l'aprì. La corrente fredda lo investì. Non capiva che cosa Andrea Darman avesse in mente, ma se si era spinto fin lì doveva avere un'idea che non fosse lasciarsi gelare con loro. Vide una corda scendere e l'afferrò d'istinto. Una voce da sopra gli disse qualcosa che non capì.

Più forte.

«Sai fare un nodo sicuro?»

Se lo chiese.

«Sì. Credo di sì...»

«Va bene. Lega la corda a una maniglia o qualcosa che la regga, fa' il nodo e ripassamela.»

Leonardo prese il capo libero e cercò di eseguire l'ordine. La bambina lo fissava con gli occhi spalancati. Non aveva mai visto suo padre fare un nodo, figurarsi uno "sicuro", qualunque cosa fosse. Lo vide darsi da fare, improvvisamente sudato, e sperò che non si innervosisse come ultimamente gli succedeva spesso. Aveva avvolto e rigirato la corda, ricominciato da capo, si era fermato, aveva proseguito e sembrava abbastanza soddisfatto. Strattonò più volte: il nodo reggeva. Tornò a qualche passo dalla porta aperta e lanciò la corda. Andrea l'afferrò. Ne lasciò cadere la gran parte, tenendo solo i metri che giudicava necessari per quel tentativo. Non si concesse di pensare ai rischi; se fosse sceso a valle a lanciare l'allarme i soccorsi avrebbero impiegato tempo, in quelle condizioni meteo l'elicottero non avrebbe potuto avvicinarsi, sarebbe stato tutto più lento e complicato. Sciocchezze. Voleva essere lui a riportarli, salvi, a casa, consegnandoli alla madre, alla moglie, a Maria.

Lei aveva notato subito l'assenza del marito e della figlia, ma scelse di aspettare prima di farne un problema. Come fosse stata Leonardo, si era data una scadenza: un quarto d'ora. Oltre, se non fossero tornati, al diavolo il cenone e sarebbe andata a cercarli. Quattordici minuti erano passati e non riuscì più ad aspettare. Si alzò dal tavolo dove si cercava di far passare il tempo mancante e disse: «Scusate, devo andare».

Non aggiunse: «Torno subito, tra un attimo, appena posso».

La inseguirono sguardi più curiosi che preoccupati. Qualcuno vide l'occasione e la prese al volo: nella banalità di tutte le veglie si era inserito un elemento a sorpresa, un gioco nuovo.

«Tutti fuori, dietro a Maria!» proclamò uno degli invitati, quello con più spiccate attitudini organizzative. Si diffuse un'allegria scoppiettante, come avessero gettato nuova legna nel fuoco. Ci fu una corsa ai piumini e ai cappelli, chi prima arrivava prima indossava, se li scambiarono e uscirono chi faticando a chiudere la zip e chi ballando in un contenitore troppo largo; chi con un inadeguato pon pon sulla testa e chi con una visiera calata oltre la fronte. Una scolaresca cresciuta ma indisciplinata alla settimana bianca: medici, avvocatesse, commercianti, inebriati dall'inattesa via di fuga. Frenati di colpo dall'impatto con il freddo altrettanto inaspettato. Le risate furono spente da esclamazioni che cercavano di non tradire il disagio: non potevano certo fare dietrofront appena messo piede all'esterno. Ma dov'era Maria che ce li aveva involontariamente trascinati? Eccola sulla strada, con il piumino bianco, che fissava un punto lontano, per tutti gli altri indistinguibile.

Un'amica, l'unica capace di tenere la sua scia sulle piste e di preoccuparsi veramente dei suoi pensieri, la raggiunse e le domandò: «Che cosa vedi?». Voleva chiederle che cosa stesse guardando, ma le venne invece: «Che cosa vedi?». Per questo Maria non rispose: perché stava guardando la notte, la montagna, la nebbia, ma stava vedendo altro.

Non era veramente uscita per cercarli: sapeva di non poterli trovare. Aveva sempre compatito chi pensa di poter scongiurare un destino andandogli incontro: le madri che aspettano i figli alla finestra, le mogli che telefonano per sapere a che punto della strada è il marito. Tutto si compie inevitabilmente, tutto è già compiuto. Sentiva, invece, che stava ripetendo un gesto atavico, perduto in una memoria che non aveva mai condiviso. Un'eredità per linea indiretta la induceva a camminare in direzione del ghiacciaio. Quando le avevano raccontato della processione in preghiera delle donne del luogo aveva scosso la testa: folklore, scaramanzia, qualcosa di inadatto a lei come un vestito fuori moda. Non l'avrebbe fatto mai, per nessuna ragione. Invece stava calcando quelle orme e silenziosamente supplicando. Lei andava, e gli altri dietro: un corteo sciamannato che traeva motivazione da un fraintendimento, spensieratezza dall'ignoranza. Maria non si girava mai a guardarli, era il condottiero che non sapeva di avere una torma di seguaci e correva verso la sconfitta. Pensava di dover invocare qualcosa, perfino di pregare per qualcosa, lei che religiosa non era. Non perché non accadesse, ma proprio perché era già accaduto. Una liberazione postuma. Avanzava cercando di capire di chi si trattasse. Non era soltanto per sua figlia, era per un uomo, ma chi?

❄

Andrea Darman si lanciò con la fiducia che può avere soltanto chi ha valutato due esiti diversi non così lontani tra di loro. La sua vita era legata a un nodo fatto da un uomo che non andava per mare né per cime, che progettava lavori eseguiti dalle mani di altri e usava le sue per disegnare, indicare, firmare. Credere nella tensione della corda che aveva legato era un atto di fede davvero paragonabile a una scommessa. L'aveva accettata perché era anomala: avrebbero vinto entrambi o entrambi perduto. E quell'esito gli sembrava equo perché, come la fune, li legava. Per cui, saltò. Lo spazio fu breve, l'arresto violento. Il nodo resse. Ci fu uno strattone che fece oscillare la cabina, poi tutto si assestò. Andrea tenne la posizione e prima ancora di aver smesso di dondolare cercò di issarsi a bordo. Sentì che una forza lo trascinava: Leonardo stava tirando. Si era messo vicino al sostegno e aveva afferrato la corda, così da poter proporre un piano B: se il nodo si fosse sciolto avrebbe provato a trattenere lui il peso di Andrea, avvinghiandosi al palo con braccia e gambe. Era molto più probabile che sarebbe finita con tutti e due scaraventati nel vuoto, ma anche quello sarebbe stato un finale condiviso e quindi accettato. Non fosse stato per la bambina. Era per lei che stavano trovando una inedita solidarietà.

La testa di Andrea affiorò oltre il pavimento. Leonardo si sdraiò mentre continuava a tirare per issarlo e l'altro già poggiava sui gomiti ed emergeva con il busto. Gettò le gambe di lato e fu dentro. Chiuse gli occhi e respirò sul fondo lucido della funivia nuova di zecca. Leonardo lasciò andare indietro la testa e buttò fuori tutta l'aria. Era certo, nella tensione, di aver spezzato un incisivo, ma non volle togliersi i guanti per controllare. La bambina, appoggiata al finestrone, guardava alternativamente l'uno e l'altro, chiedendosi a che cosa fosse servito quell'immenso sforzo. Perché quel rischio, se erano ancora nella cabina sospesa, ma in tre anziché in due? Poi guardò la corda e intuì che quella doveva essere la soluzione.

Andrea si alzò, riacquistò l'equilibrio e fece un passo verso Leonardo, tendendogli la mano per aiutarlo a risollevarsi. Quando furono in piedi si scambiarono uno sguardo veloce, come conducenti che s'incrociano per strada di notte, poi Andrea proseguì e mise mano al nodo. Lo esaminò e si lasciò sfuggire: «Un miracolo...».

«Cosa?» chiese Leonardo alle sue spalle.

Andrea non si voltò e non rispose.

«Se lo sai fare meglio, rifallo, ma quel nodo lì ti ha tenuto e sarà stato un miracolo, ma non dev'essere poi tanto male.»

Andrea guardò la bambina con la coda dell'occhio.

Disse: «No, il nodo è buono, ma può essere ancora meglio».

Considerava il fatto che avesse retto, più che un miracolo, un mistero: nemmeno la fede poteva spiegarlo. Lo sciolse e lo rifece. Tirò più volte per saggiarlo e ne fu soddisfatto. Prese la corda e la trascinò fino alla porta della cabina. Si appoggiò con una mano e con l'altra la gettò fuori. Non la sentì toccare la neve. La nebbia impediva di vedere a quanto da terra si fosse fermata, ma era sicuro si trattasse di una distanza minima: potevano scendere aggrappati e poi saltare o lasciarsi cadere.

«È questo il piano?» chiese Leonardo. «Evadere con la fune?»

«Ma senza il muro e le guardie armate sulle torrette...»

Guardarono entrambi la bambina e la bambina guardò loro.

Disse: «Non parte più? Sicuro?».

Leonardo scosse la testa: «Ripartirà, ma non so quando, di sicuro».

«Non fra poco?»

«Potrebbe, ma è difficile. Meglio se andiamo.»

Lei osservò la porta, il cielo scuro e trasmise la propria paura.

Andrea disse: «Non dovrai andare giù da sola, ti portiamo in braccio».

Leonardo si domandò il senso di quel plurale.

«Dovrai solo stare abbracciata e in un attimo sarai a terra, sana e salva.»

La bambina esitò, poi disse: «Va bene» e si mosse verso Andrea.

Leonardo rimase fermo, Andrea anche, poi decise che non poteva fare altro che chinarsi, sollevarla, guardare il padre e fargli capire che non era il momento per discutere i ruoli, ma quello per riportarla a casa, più ancora che tornarci. La bambina lo stringeva, oltre la sua testa quella di Leonardo si piegava assentendo per qualcosa che non avrebbe mai voluto accettare.

«Andate prima voi» disse e la voce gli si spense parola dopo parola.

Andrea prese la corda.

«Stringimi forte» disse alla bambina che già gli stritolava il collo. «Andiamo.»

Si sporse all'infuori, puntò i piedi sul bordo, si diede una leggera spinta e cominciò a calarsi, una mano dopo l'altra. Mentre lo faceva parlava all'orecchio della bambina per rassicurarla. Decise di raccontarle della sua famiglia.

«Questa montagna è la nostra, sai. Non perché l'abbiamo comprata, ma perché siamo nati qui. Io, mio padre, mio nonno, suo padre, suo nonno. La montagna è stata buona ed è stata cattiva, ma non per colpa sua. È come i cani, più o meno. Se non gli fai del male sono buoni con tutti. Quando la montagna reagisce è perché l'hanno trattata male.»

Lei non diceva niente, ma sentiva che il suo respiro stava diventando più regolare.

«Mio nonno è andato dentro la montagna e non è più tornato. Forse è ancora là, tanto si è trovato bene. Magari ha aperto un ristorante dove non va mai nessuno perché nessuno sa che c'è...»

«E che cosa cucina?»

«Niente, perché non ha il fuoco, soltanto ghiaccio.»

«E che ristorante è?»

«Il ristorante del niente. Dove si mangia niente. E si beve niente, ma con tanto ghiaccio.»

«E tu ci vai?»

«Un giorno ci andrò, forse tutti ci andremo.»

«Se saremo bravi?»

«Se saremo bravi andremo in cima alla montagna. Dentro ci andremo se saremo così così.»

«E se saremo cattivi?»

«Rotoleremo giù.»

«Giù dove?»

«Laggiù, guarda!»

La bambina non si era accorta che avevano toccato terra.

Leonardo era ancora sospeso. Non poteva esitare, non con sua figlia sotto, in attesa. Già aveva scelto di scendere abbracciata a quell'altro, non doveva pensare che lui fosse meno coraggioso. Lo era, lo sapeva, ma si impose di non dimostrarlo. Chiuse gli occhi, prese la corda tra le mani e saltò fuori. Era molto peggio di come si era immaginato: più freddo, più vento, più ruvida la corda. Aveva tenuto i guanti per ripararsi, ma così non riusciva ad afferrarla saldamente, diffidava della presa. Avvicinò la bocca, ne afferrò uno con i denti e lo sfilò, poi lo sputò lasciandolo cadere.

Andrea e la bambina lo videro arrivare, atterrò a un metro da loro e ancora lo stavano osservando quando il secondo lo seguì. Rialzarono lo sguardo: Leonardo sembrava scendere meglio adesso, più veloce. Non potevano sapere quanto dolore gli provocasse la fune: la mano destra si era spellata sul taglio e la sinistra si era già intorpidita. Provò la tentazione di lasciarsi andare. Qualcosa di simile gli succedeva le poche volte in cui sciava. Non aveva mai amato farlo, lo sentiva come un dovere, più che un piacere. Quando era in cima a una pista particolarmente difficile guardava in basso e pensava di unire gli sci, darsi una spinta e scendere così: a tutta velocità, senza addolcire le curve o smussare gli angoli, una linea retta, la più rapida e via. Se gli fosse accaduto un incidente, pazienza, sempre meglio della fatica, magari inutile, dei denti stretti, delle caviglie doloranti. E di queste mani infiammate dalla corda.

Si costrinse a resistere: non poteva piombare tra i piedi di sua figlia. Più scendeva e più cresceva, insieme al dolore, la rabbia. Non sapeva contro chi e cosa sfogarla. Mentre lo cercava si accorse di essere ormai a poco più di due metri da terra. Ora poteva farlo: staccò le mani, sperando di atterrare in piedi, ma perse l'equilibrio e finì sdraiato. Andrea accorse per aiutarlo a rialzarsi, ma Leonardo preferì rotolare qualche metro più in là e poi darsi la spinta con le forze che credeva fossero le ultime, scoprendosi invece improvvisamente carico.

Il collaudo era fallito, del blocco della funivia si sarebbe parlato per giorni, l'intera impresa era stata messa a rischio, la parte del salvatore davanti alle due vallate ma soprattutto a sua figlia era toccata a quell'uomo che non era mai riuscito a comprendere, ma che adesso era sicuro di odiare. Tutto quanto era andato storto per colpa sua: non sapeva in che modo, ma doveva essere così. Niente toglie più lucidità di un'umiliazione, e Leonardo era un uomo profondamente umiliato.

«Siete stati voi!» urlò, rivolto ad Andrea, che lo guardò senza capire.

«Non volevate questa funivia, l'avete detto in tutti i modi, avete minacciato di fermarla con le buone o con le cattive e alla fine, quando non c'era altra scelta, avete usato le cattive.»

«Di cosa stai parlando?»

«Del sabotaggio! Sei stato tu! Come con la corsa... dove hai messo il pupazzo stavolta?»

Di fronte all'assurdo Andrea non reagiva. Non ne era mai stato capace. Chi esponeva teorie illogiche lo zittiva perché, dal suo punto di vista, non si poteva eccepire nulla, si era finiti in una dimensione parallela dove la Terra era piatta, il tempo scorreva all'indietro, i capistruttura non dovevano essere contraddetti e una funivia bloccata dal ghiaccio sui cavi era stata sabotata. Gli venne da sorridere, abbassò la testa per non farlo apertamente, ma Leonardo se ne accorse. Urlò ancora più forte: «L'avete sabotata!».

Se Maria fosse arrivata a quel punto del ghiacciaio avrebbe visto una scena da film muto del tutto incomprensibile: una bambina immobile tra due uomini, uno dei quali si dimenava furibondo e l'altro si chinava perplesso. Poteva essere comica, ma conteneva il seme del tragico.

Leonardo cercò di avventarsi su Andrea, che lo guardò avvicinarsi incredulo. A metà strada si fermò. Gli furono consegnate tutte le eredità familiari, il cuore malandato di sua madre e l'infelicità nascosta di suo padre si sommarono alle paure, alle fatiche e alle mortificazioni di quella sera. Come la sua funivia, si fermò a metà della corsa. Rimase un istante immobile, in modo innaturale. Sembrò che qualcuno, da lontano, avesse pigiato un pulsante per fermare la scena. Si sentì trafiggere con una violenza tale da impedire ogni visibile effetto. Non spalancò la bocca, non strabuzzò gli occhi, non agitò le braccia: restò fermo, si sollevò per un istante verso l'alto e ricadde. Un filo sollevato e reciso.

Poiché, di nuovo, la cosa appariva assurda, Andrea rimase di sasso, incapace di intervenire per lunghi secondi. Fu la bambina a gettarsi sul corpo del padre, abbracciandolo, poi colpendolo per cercare di farlo rinvenire. Allora anche Andrea si avvicinò. Leonardo aveva dentro l'ultimo respiro, lo emise insieme con l'ultima parola: «Andrea!».

La bambina, Didi, all'anagrafe Andrea, gli prese la testa reclinante. Così morì: tra le mani di sua figlia.

Andrea Darman fissò sconvolto non l'uomo morente, ma la bambina che portava il suo stesso nome. Non si mosse quando lei si alzò e gli si avventò contro, con la stessa rabbia deviata che aveva appena ereditato. Lo colpì alle ginocchia, gli fece perdere l'equilibrio sul ghiaccio. Cadde e scivolò. Una cunetta lo sollevò e lo fece rimbalzare su una roccia levigata su cui batté la testa. Lo spigolo ebbe l'efficacia di un proiettile. Morì all'istante.

Andrea, la piccola Andrea, rimase sola tra due cadaveri, sotto una funivia ferma e un cielo scuro, nella trincea di una battaglia senza fine, su un terminale ghiacciaio.

Secondo intervallo

Se una farfalla batte le ali in Oregon si scatena una tempesta in Veneto (1988-2036)

Frank Bradshaw era un professore di geologia e un nonno. Era solido, robusto, con il volto largo e rotondo, contornato da barba e capelli grigi che cedevano spazio a quelli bianchi. Portava gli occhiali, ma quella sera, alla vigilia di Natale, li avrebbe tolti per indossare il travestimento da Santa Claus e portare i regali ai due nipoti. Robert aveva sette anni e i primi dubbi sull'identità del benefattore vestito di rosso, ma Doreen non ne aveva ancora compiuti tre e la fantasia era la sua culla. Frank, invece, di anni ne aveva sessantatré. Insegnava all'Università di Portland, in Oregon, ma stava per andare in pensione, senza per questo smettere di dedicarsi alla ricerca. La sua specializzazione era la glaciologia: studiava i fenomeni riguardanti il ghiaccio, l'impatto che la formazione dei ghiacciai prima e il loro scioglimento poi avevano sull'uomo. Collaborava attivamente con un'antropologa e un esperto di geografia umana. La sua pubblicazione più recente e più diffusa si intitolava *The benchmark glacier*. Presentandola aveva detto sorridendo: «Abbiamo utilizzato un freddo termine finanziario per... per prendere il ghiacciaio come parametro del futuro dell'umanità su questo pianeta». La platea rispondeva sempre con accenni di risate nervose. Nessuno si aspettava dal suo libro un lieto fine.

Frank era seduto in poltrona, leggeva il giornale locale sull'iPad. Fuori nevicava. E la neve era anche la notizia principale. Nell'articolo era riportata una statistica. Secondo gli archivi esistenti, il primo Natale bianco in città si era avuto nel

1921. Poi un salto in avanti, fino al 1983. Se lo ricordava bene: era stato l'anno del suo matrimonio, lui e sua moglie avevano fatto l'amore al mattino, il loro regalo. Poi ancora nel 1990 e il mezzo metro di neve del 2008, appena nove anni prima. E ancora, in quel momento. L'articolista faceva notare l'anomalia nella sequenza: considerando gli ultimi centotrenta anni, a Natale aveva nevicato una volta sola nei primi novanta, quattro volte negli ultimi quaranta. Che cosa possiamo dedurne, si domandava. La risposta era un emoticon dall'aria perplessa che alzava il sopracciglio e portava due dita sul mento. Frank, il professor Bradshaw, imprecò. Si compiacque di averlo fatto sottovoce quando si accorse che nella stanza era entrata sua nipote Doreen. La bambina era come un cucciolo di gatto. Avanzava stanca ma decisa, gli salì in braccio. Si acciambellò nel suo grembo, chiuse gli occhi e in breve si addormentò. Per regalo gli aveva chiesto un unicorno e un arcobaleno. Frank le accarezzò i capelli per qualche istante, poi si fermò. Pensò ai quarant'anni successivi, ai novanta, all'arco presunto della vita di quell'essere umano che, fiducioso, si era affidato alla sua protezione.

Quando dentro di noi avviene un cambiamento, di rado si sa poi rispondere alla domanda: «In che modo è cominciato?». Frank Bradshaw invece lo sapeva con esattezza e lo disse al dottore che gli domandò: «E questo stato che lei sospetta essere depressione, da quando...?».

«Dal Natale scorso.»

Il dottor Flaherty si era specializzato in ecoterapia. Il suo studio era tappezzato da gigantografie di sempreverdi: la fine della specie non era contemplata. Molti, anche tra i colleghi, pensavano fosse una trovata di marketing. «Una furbata» aveva detto qualcuno, come la psicanalisi per animali domestici. Poi la sua clientela era cresciuta e molti avevano seguito il suo esempio.

Annotò la data sul suo taccuino: «Quattro mesi. Come mai questa precisione?».

Frank gli raccontò di sua nipote addormentata, di lui che

cercava di immaginare il suo futuro, i prossimi novant'anni, ma anche solo i prossimi quaranta... Gli era venuto da piangere e lo aveva fatto, in silenzio per non turbare Doreen, asciugandosi le lacrime con il dorso della mano e sperando che nessuno entrasse nella stanza. Le aveva preso il regalo che desiderava: un unicorno di panno lenci posato su un arcobaleno. La leggenda vuole che Portland sia costruita su un cimitero di unicorni. La storia è estinzione e rinascita, ma quando ti trovi dalla parte sbagliata della curva che cosa puoi fare?

Uno studio pubblicato dalla più accreditata rivista scientifica, condotto in dieci Paesi, su diecimila persone sotto i venticinque anni, aveva rivelato che due terzi di loro erano spaventati dal futuro e la metà era convinta che l'umanità fosse condannata, senza possibilità di scampo, entro la fine del secolo. Che vita aspettava Doreen? Quanto sarebbe durata? Se i giovani intervistati in Nigeria o a Parigi potevano basarsi su sensazioni, notizie orecchiate, passaparola, Frank Bradshaw aveva i dati. Era uno scienziato: il suo benchmark erano i ghiacciai. E se ne stava, depresso, sul lettino nello studio sempreverde di uno psicanalista che aveva trovato una nicchia di mercato. Il dottor Flaherty sapeva che a lui non avrebbe potuto togliere l'ossessione di ricercare on line notizie negative: questo paziente era una delle fonti. Andò direttamente al passaggio successivo: la rassicurazione dell'apertura.

«Anche nel peggiore degli scenari futuri ci saranno giorni positivi. I disastri accadranno in alcuni luoghi precisi, ma nel resto del mondo ci sarà il sole, anche per sua nipote.»

Frank Bradshaw non si mosse, non imprecò sottovoce stavolta, ma silenziosamente, dentro di sé. Lasciò passare qualche secondo prima di dire: «In luoghi precisi? Se una farfalla batte le ali in Brasile può provocare un tornado in Texas».

→

Karl Bernard pensava che non sarebbe sopravvissuto e se n'era fatta una ragione. Lo aveva stupito la sua reazione alla diagnosi del medico che teneva in mano la cartella clinica e guardava oltre le sue spalle, come se cercasse qualcuno alla porta perché gli venisse in aiuto. Qualcosa gli era precipitato dentro, un corpo solido e irregolare che frantuma gli organi, un ascensore in caduta libera che emana fiamme. Poi si era depositato sul fondo ed erano rimaste: cenere, accettazione e curiosità di vedere che cosa sarebbe successo. Karl aveva cinquantasette anni, un matrimonio affrettato alle spalle, una compagna più giovane con una figlia di sei anni che lo chiamava Babù. Insegnava scienze al liceo, per una platea distratta. Amava sciare e quella era una cosa che non avrebbe potuto fare più. Una delle tante. Forse, tutte. È impossibile raccontare il giorno in cui si riceve l'annuncio di una malattia letale, perché non si è davvero presenti. A quelle parole ci si trasporta altrove, si diventa qualcun altro. È finita prima di finire. Se ricomincia, è un'altra cosa.

Era andata così anche per Karl. Gli era stata data una sola possibilità: il trapianto di midollo osseo. Allogenico, aveva aggiunto lo specialista. Spiegando: «Significa che, dopo un ciclo di chemioterapia, dovremo introdurre cellule staminali sane che prima attecchiscano al posto di quelle che avremo eliminato, poi imparino a convivere con le altre nel suo sangue. Ovviamente occorre un donatore compatibile». Quell'espressione l'aveva colpito. Suonava burocratica, eppure designava uno degli esseri più umani in circolazione. «Vivente» aveva aggiunto il medico, a scanso di equivoci con il trapianto di organi. «Un parente, altrimenti dovremo ricorrere all'elenco donatori e sperare che ce ne sia uno... compatibile», ancora quella parola. «Perché sorride?»

«Pensavo che quello da compatire fossi io.»

«Non ha torto. Ma leggo qui che i suoi genitori non ci sono più, però ha una sorella.»

«Sì.»

«E...»

«La morte dei nostri genitori è stata il problema. Abbiamo avuto uno scontro...»

«Per l'eredità?»

«Più o meno. Il pretesto è stato quello, ma veniva da lontano.»

«Non voglio entrare nella sua storia familiare, è roba privata. Ma pensa che esista una possibilità?»

«Sono passati cinque, no, sei anni da quando ci siamo parlati l'ultima volta. Non credo.»

«Lei ha fede?»

«In una religione, vuol dire? No. In dio, in qualsiasi forma? Neppure.»

«Neanche io. Però ho imparato ad avere fede nelle persone, nella loro capacità di sorprendere. In quello che succede quando arriva il momento della verità. Sa, è per esperienza: ho visto molte capriole in aria.»

«Ha detto capriole?»

«Sì, esatto. Le chiamo così. Vedi una persona in piedi. Da ferma fa un'acrobazia, volteggia in aria e ricade, esattamente dove stava prima, con la stessa espressione. Uguale, immutata, però ha fatto la capriola, è stata capace di una cosa sorprendente. Io credo nei donatori compatibili, perché li ho visti venire avanti quando sono stati chiamati. Sono una creazione, verrebbe da dire una creatura, del secolo scorso. Nati con i trapianti e cresciuti con le possibilità di farne. Una nuova specie umana contemporanea, una di quelle che ci consentono di avere qualche speranza nel genere. Ci sono stati i santi, gli eroi, i martiri, ora ci sono questi. La compatibilità con un altro umano è un diverso modo per dire di un'empatia, il riconoscimento del prossimo tuo come te stesso. Sono, saranno, tutti noi, o almeno in parte. Questo panegirico per dirle: chiami sua sorella, potrebbe sorprenderla.»

«Con una capriola da ferma?»

«Esatto.»

La risposta di Barbara era stata immediata. Nessuna esitazione, neppure per lo spazio di un secondo.

«Sì.»

Lui era stato imbarazzato a chiedere. Lei, ineluttabile. Anche quando si erano visti, durante gli esami preparatori: naturale, senza un riferimento ai problemi del passato. Gli aveva trasmesso determinazione e fiducia.

La prima verifica dopo quindici giorni dall'intervento aveva dato esito positivo. Mancavano ancora quasi tre mesi per poter dire che era andato tutto bene, ma per la prima volta Karl usciva dalla camera protetta. Per precauzione era sulla sedia a rotelle. Un infermiere lo seguiva mentre avanzava nel corridoio. Sua sorella Barbara lo aspettava nel salottino. Alla finestra, i boschi: già privi di foglie, invocavano invano la neve per coprirsi. Si girò quando lui entrò. Si guardarono in silenzio, finché Karl disse: «Ti ho fatto un regalo».

«Non era il caso.»

«Lo so. Tanto niente può valere altrettanto. È solo un segno, così...»

«Ma l'hai fatto stando in ospedale?»

«Bastava il cellulare, quando me l'hanno ridato.»

Lei notò la coperta sul suo grembo e pensò che nascondesse il dono, ma lui precisò: «È una cosa particolare, immateriale. Ho dato il tuo nome a un vortice».

Barbara spalancò gli occhi facendo scendere gli occhiali sul naso.

Karl spiegò: «C'è questo sito collegato all'Università di Berlino, si chiama adopt a vortex punto com. Ti iscrivi, paghi e puoi dare il tuo nome o di qualcuno a tua scelta a un vortice, un'area di bassa pressione o un anticiclone, che è più grosso. Io ho voluto quello. Si fa da molto tempo, sai, dal millenovecentocinquantaquattro. Il nome viene messo in lista e poi, seguendo l'ordine cronologico, viene associato a un ciclone. Oddio, può essere una cosa piccola oppure un tornado... Sai, come succede in America: Katrina e quelle cose lì... Barbara...».

Un mese più tardi, poco dopo il tramonto, un vento di scirocco investì la valle alle pendici del ghiacciaio M. Nessuno, neppure i più vecchi, ricordava raffiche simili. Gli anemometri segnalarono velocità fino a duecento chilometri l'ora, poi alcuni si spaccarono. Pioveva da tre giorni, ma il peggio era stato quando aveva smesso. Una tregua minacciosa, un silenzio ultraterreno. Le folate di maestrale avevano preceduto il rovesciamento del cielo, come un bacile capovolto. Gli schianti, udibili nonostante tutti gli altri rumori. Tetti sollevati dalle case. Fiumi di fango. Strade allagate. Sirene che cercavano invano di salire a monte con l'annuncio di un soccorso impossibile. Elettricità tagliata. Buio. Comunicazioni interrotte. Tre persone rimaste fuori casa e altrettante uscite per capire che cosa stesse accadendo: spazzate via, i corpi ritrovati a distanza di centinaia di metri, dopo giorni. Quarantadue ettari di bosco distrutti. Quattordici milioni di alberi abbattuti. Danni economici: tre miliardi. Danni morali: non calcolabili. Quando i notiziari usarono l'espressione «Tempesta Barbara» i più pensarono che il nome fosse stato scelto per l'occasione, per descriverne la violenza, la crudeltà assoluta. Nessuno immaginò che potesse essere il suggello della riconoscenza per un atto di generosità, della pace ritrovata tra i simili, della possibilità di vincere il male.

→

Era sfinito, ma ne era valsa la pena. Aveva viaggiato per quasi quattro chilometri, salendo e scendendo, cercando la destinazione ideale. Non avrebbe mai potuto credere di trovare il paradiso, il suo paradiso. Un albero schiantato già sarebbe stata una fortuna, ma un'intera foresta piegata a terra, prostrata nell'attesa della propria fine o del suo inizio, era davvero tanto. Troppo. Al punto da confonderlo, da non saper decidere quale tronco scegliere, dove mettere su casa, famiglia, farsi una vita.

Andò a posarsi sulla corteccia, ne saggiò la resistenza e la trovò cedevole come l'istinto gli aveva suggerito. Riposò prima di cominciare il suo lavoro: aveva tempo, ma non poteva sprecarlo. La natura ha urgenze perché sa che tutto ha un ciclo e il dovere della specie va compiuto prima che si chiuda. Ogni lasso di tempo è un'occasione, perdersi a misurarlo e recriminare sul risultato è il modo peggiore di sfruttarla. L'incoscienza è un motore del destino. Altrimenti come avrebbe potuto l'uomo guardare la luna e pensare di metterci piede? Oppure un insetto chiamato bostrico, di cinque millimetri appena, attaccare un abete rosso di sessanta metri, seppur reclinato al suolo?

Se nessuno ci ponesse il confine del possibile moriremmo tutti da piccoli o diventeremmo, almeno alcuni di noi, giganti miracolosi? Il bostrico è un parassita. Ma parassita non è il nome spregiativo che diamo a un minuscolo essere capace di sovvertire le leggi del conflitto? Non lo disprezziamo proprio per questo? Perché vince contro ogni aspettativa e vince sempre? Un parassita nel nostro corpo è come il bostrico nel tronco dell'abete rosso. Una fine e molti inizi. Scalza la superficie e penetra nella corteccia. Crea il suo ambiente, si sistema, come un uomo di mezza età, stanco di volare da una opportunità all'altra. Questo sarà il suo mondo, qui regnerà, finché avrà corso la sua stagione. Rispetto al bostrico noi siamo dei, conosciamo il calendario della sua esistenza. Quel che a lui sembra un mistero ci appare già scritto. Da questo non deduciamo conseguenze, se non fondando religioni. Nessuno ha mai inventato il macroscopio.

Il bostrico creò la sua camera. Non l'arredò, da spartano. Seguì i principi di Frank Lloyd Wright nella casa sulla cascata. Usò il legno, incassò i mobili nelle pareti. Avesse mai dovuto andarsene, si sarebbe lasciato tutto alle spalle per l'inquilino successivo, ma non se ne sarebbe andato e un successore non ci sarebbe stato. In quella camera sarebbe morto, ma prima avrebbe celebrato la vita, e quanta. Il suo richiamo d'amore era irresistibile. Conoscerne il segreto, a quanti uomini piacerebbe. Un perfetto progetto di vita: crescere, volare lontano, affittare una stanza, mettersi a suonare e aspettare l'arrivo di una, due, tre, quattro femmine. Dopo secoli sono state sviluppate e presentate con orgoglio app per incontri già esistenti in natura. La scienza li chiama feromoni: non hanno quote d'iscrizione e non consumano energia. Non subito. Al segnale del bostrico maschio rispondono di solito quattro femmine, a turno. Lasciata l'alcova, ognuna si allontana all'interno dell'abete per produrre le larve, che saranno individualmente irrisorie, ma nell'insieme un gruppo che supera le cinquanta unità. Appena in grado, si muove. Quattro file, duecento esemplari, soldati in divisa bianca con elmetti arancioni, in marcia. Più le temperature sono alte, più larve sopravvivono.

Il calcolo delle probabilità ora sta dalla parte della vita. Non per il resto del pianeta, ma per il bostrico. Non per il ghiacciaio, la montagna, l'abete, ma per il bostrico. Gli aghi dell'albero infestato trascolorano, manifestano la consapevolezza della malattia con il giallo, della fine con il rosso, poi cadono, partendo dalla cima. Se l'esistenza è una festa, arriva il giorno in cui si toglie ogni addobbo e l'albero resta disadorno in un angolo, prima di sparire, generando per gli altri un ricordo e per sé la speranza che un simile ne prenda il posto. Non accadrà.

Al gruppo di studenti che risaliva il sentiero la guida spiegava che al posto dell'abete rosso sarebbe sorto in futuro il larice, che non teme il bostrico. Disse: «È la reazione della natura, è perfetta: la grande sostituzione». Di nuovo: da un punto di vista superiore, sarebbe poi così diverso dal rimpiazzare l'abete con il larice? Il bostrico non ha un piano. Si nutre del legno, cresce, avanza, finché arriva alla corteccia da cui entrò il suo genitore, la buca lasciando un foro dagli orli rossastri, come farebbe una pallottola sparata a bruciapelo. Espelle la resina ed esce all'aria.

Vide la montagna spellata. Solo lui avvertiva quel rumore? Quell'incontrastato segnale di pericolo incombente?

Ultimo sogno
(2037)

Ghiacciaio M

Estensione: ettari 0
Profondità: metri 0
Aspettativa di vita: anni 0

«Devi venire in direzione.»

La voce della guardia ha un timbro neutro, ma lei intuisce che è soddisfatta di poter riferire quella convocazione. Lascia la cella e la segue docilmente. Con un gesto automatico si sistema i capelli portandoli dietro le orecchie. Abbottona il colletto della camicia. Ruota le spalle, anchilosate perché il letto è stretto e corto e lei è alta, slanciata. Occhi chiari, pelle perfetta, fin qui niente ha potuto scalfirla. Si lascia sospingere nel corridoio ancora silenzioso, verso l'ufficio dove non era mai entrata.

Della donna che da un anno guida il carcere si dice che "piuttosto che dare una buona notizia si farebbe un tatuaggio". Si dice, non sapendo che un tatuaggio ce l'ha: in una parte del corpo così nascosta che riesce a coprirlo perfino in costume da bagno. E comunque non è una buona notizia quella che dovrà dare ad Andrea Darman. O meglio: ne ha una buona e una cattiva. Non farà quel vecchio gioco in cui si lascia scegliere quale avere per prima. Non le consentirà di addolcire il finale, farà di tutto per renderle piacevole l'inizio, prima di estrarre il veleno. Di tutte le detenute, Andrea è quella che più la mette a disagio. Non per la sua storia, ma per il suo distacco, dal passato e dal presente. È come se vivesse in un altrove dove nulla la tocca veramente, sospesa tra oblio e indifferenza. In aggiunta: a cinquantaquattro anni e dopo sette in cella, è ancora bellissima. Tutta la sua vita doveva condurre allo sfacelo, invece è stato come se non la riguardasse. Proprio mentre alla direttrice viene il sospetto che reagirà nella stessa indifferente maniera, la porta si apre e Andrea le appare inaspettatamente diversa. Ha accorciato i capelli, ha lo sguardo spento, avanza esitante come non sapesse che cosa fare: sedersi o restare in piedi. Si accorge, come per certi edifici, che un accenno di decadenza la rende sublime. Niente in lei è come nelle altre, neppure la storia, il reato che l'ha portata lì. Nel segreto della sua coscienza la direttrice non osteggia la sua causa, non condanna le sue azioni, a volte ha pensato perfino che le sarebbe piaciuto essere lei, lo sussurra: «La donna elettrica». Le fa un gesto con la mano dall'alto verso il basso indicando la sedia. Andrea di solito a quel punto sorride: data la sua altezza, in qualunque sala entri, uomini e donne che l'abbiano ricevuta l'hanno sempre invitata, per prima cosa, a sedersi. Esegue, invece, senza cambiare espressione.

La direttrice si domanda se abbia già saputo, ma la guardia che l'ha accompagnata era ignara. Non restano che il presentimento o una virata nel carattere, l'improvviso effetto della detenzione. Sembrava impossibile, ma i mutamenti accadono e, quando lo fanno, non avvertono quasi mai prima.

«Stai per essere rilasciata, puoi andare subito a preparare le tue cose, devi uscire entro mezzogiorno.»

Andrea non sembra sorpresa: le mancavano un paio di settimane, non è una grande conquista. Quel che le sfugge è il motivo: non ha mai tenuto il genere di condotta che procura benefici. Nessun guaio, non nell'ultimo anno, ma nessun cedimento, nessuno di quei comportamenti studiati che considera ruffiani. Può anche darsi che a qualcuno, a un certo punto della vita, si accenda una luce, cambi qualcosa, ma non lì dove si trova. È solo una perdita di tempo. Si potrebbe dire del carcere quel che Churchill disse della democrazia: è la peggiore forma di punizione possibile, escluse tutte le altre sperimentate finora. Noi, da qualche secolo, abbiamo fermato gli esperimenti. Si è tagliata i capelli per noia, non potendo traslocare, provare un nuovo eccitante o partire con un biglietto di sola andata per una destinazione sconosciuta. E lo sguardo è quello di chi scruta un ambiente che nessuno intorno percepisce: è ancora dentro al sogno, a quel sogno che per la prima volta ricorda, e sta cercando di metterlo a fuoco, ma più lo fa e più sfuma.

«Poiché ti dobbiamo, come da regolamento, concedere un permesso che copre metà del tempo che ancora dovresti scontare, è stato deciso di abbonarti il resto, quindi non rientrerai.»

Aspetta che Andrea le chieda a che cosa è dovuto il permesso che porta a quell'imprevista liberazione, ma lei tace, considerando le poche plausibili motivazioni. Alza lo sguardo, ridiventato quello che la direttrice conosceva: «Mia madre?».

Le ha rubato la battuta, rovinato la scena. Lei non può far altro che annuire.

«Quando?»

La direttrice prende un foglio e finge di leggere quel che sa già, pur di non guardare Andrea che, anziché cedere, avanza con le sue domande.

«Ieri sera.»

Anticipandone altre: «Era nel suo domicilio. Sotto sedativi. Non ha sofferto».

«Era sola?»

«Con un'infermiera.»

Nella mente di Andrea passano i volti di suo padre, di un altro uomo, di molti uomini ancora, fino a che resta quello di sua madre, gli occhi del colore dei suoi, cerulei come diceva la carta d'identità, ma disegnati all'ingiù, quelli di chi vive in discesa, pensando che non riavrà mai quel che ha lasciato lassù.

«Quindi, posso andare?»

La direttrice è spazientita: «Vai, vai. Comunico l'occorrente a chi deve farti uscire».

Andrea si alza, sovrastandola: «Come si dice in questi casi? Addio?».

La direttrice mette una firma su un foglio: «Speralo per te».

Andrea si allontana. La guardia che la prende in consegna è diversa da quella che l'ha accompagnata. Ha saputo tutto. Si tiene a una diversa distanza, come avesse già a che fare con una persona libera. Tutte quante sanno: appaiono volti tra le sbarre, che Andrea non guarda; si allungano mani, che Andrea non stringe. Entra per l'ultima volta nella sua cella. Resta in piedi mentre la porta si chiude. Poi si sposta verso l'angolo a destra nella parete, l'illusione del punto cieco. E soltanto lì, come fece il primo giorno, piange.

La casa è come la ricordava, uguale al giorno in cui era uscita senza neppure sbattere la porta. Sono trascorsi vent'anni, di cui gli ultimi sette passati in cella. L'aveva cercata invano tra il pubblico che seguiva il processo. Neppure il giorno della sentenza. Vergogna, aveva immaginato. Era in carcere da un mese quando le venne annunciata la sua visita in parlatorio. Non aveva esitato: era andata, a passo di carica. Avevano molto da rinfacciarsi a vicenda, ma parlò soltanto lei. Fu un assalto. Sua madre ascoltò in silenzio. Solo alla fine, quando il tempo stava scadendo e l'energia di Andrea si stava esaurendo, si era infilata nella prima insenatura di silenzio e aveva detto: «Ognuno ha una colpa». Andrea si era girata e se n'era andata. Il mese dopo era tornata. Andrea stavolta aveva taciuto. Erano rimaste a guardarsi per tutto il tempo. Il mese successivo, ancora. E ancora. In estate non era venuta. Certo, le vacanze: tocca andare a sciare lontano per trovare ancora neve, aveva pensato Andrea.

A settembre era ricomparsa, senza abbronzatura, con un foulard in testa, gli occhi più grandi, se possibile più all'ingiù. Tutto era chiaro, non c'era bisogno di renderlo esplicito. Prima di alzarsi dalla sedia si era messa una mano sul cuore. Ce l'aveva tenuta anche mentre camminava, un po' più lenta del solito, per uscire. Andrea aveva passato la notte tenendo una mano sul proprio cuore, ascoltandone i battiti, come se potesse esistere una forma di trasmissione, e un'altra sulla testa, accarezzando quei capelli che erano la sua eredità e avrebbe voluto restituire. Al risveglio, di nuovo, non ricordava alcun sogno. Aveva deciso di aspettare ancora qualche visita prima di rompere la consegna del silenzio. Le prime parole che disse, alla fine dell'anno, furono: «E il resto?».

Sua madre non parve sorpresa e capì subito che cosa intendeva.

Disse: «Sono sola. Stanca. E non ho ancora capito niente».

Andrea aveva annuito.

Una frase alla volta, negli altri sei anni, il doppio della previsione di sopravvivenza, avevano riannodato il filo, ora spezzato per sempre.

Fa un rapido giro della casa. Una domestica che non aveva mai conosciuto le ha lasciato le chiavi ed è scomparsa. Non è stato soltanto il suo lavoro a rendere tutto asettico: sua madre si era ritirata. Sembra un appartamento preparato per essere venduto, come presto accadrà. Ordine assoluto, nessun oggetto che riconduca al proprietario: questa può diventare casa vostra in un attimo, dovete soltanto portare i vestiti e personalizzare, magari qualche quadro, i libri che amate... Gli scaffali sono vuoti: la preparazione di una scomparsa. Nessuna traccia di un compagno, nessuna foto di un uomo, neppure di suo padre. L'unica, sul comodino, ritrae loro due insieme. Andrea ha tre anni, cerca di afferrare al volo i fiocchi della neve che cade. Sua madre ride. Sembra serena, ma non lo era.

L'avvocato è puntuale, arriva alle tre spaccate, come annunciato. Andrea gli apre la porta e resta perplessa: non lo vede da molto tempo, ma le sembra ringiovanito.

«Sono il figlio, mio padre ormai non esercita più.»

Andrea pensa sia una bugia, ma non dice niente. Il vecchio avvocato e sua madre avevano avuto una relazione, nonostante la differenza d'età. Mai stata un problema, per entrambe, ma in direzioni generalmente inverse. Pensa se sia il caso di rompere il digiuno di sette anni con la nuova versione legale, ma i gemelli ai polsini e soprattutto la spilla al bavero della giacca la dissuadono: segnali di appartenenza, che trova di per sé respingenti, ma a quell'organizzazione ancor di più.

Non si è ancora cambiata, chiede qualche minuto. Entra nella cabina armadio, praticamente un negozio, sa già che cosa cerca: è rimasto un solo colore per qualsiasi cosa. Riappare vestita di bianco: camicia e pantaloni larghi, scarpe comode. Anche sua madre sarà vestita di bianco, nel suo caso un lenzuolo: come da sue disposizioni.

Le altre: nessun funerale, esequie private, sono ammessi soltanto Andrea, il legale di famiglia, o meglio il sostituto, e la domestica.

In ogni caso non si presenta nessun altro.

Andrea non ascolta il sacerdote, che se la cava con poche e generiche parole.

L'avvocato l'accompagna anche al crematorio. Gli addetti sono spicciativi. Quelli delle pompe funebri sono stati cerimoniosi e partecipi, ma gli incendiari non hanno tempo. Cercano addirittura di rimandare al giorno seguente. Uno spiega: «Oggi abbiamo fatto overbooking».

L'avvocato gli passa una banconota con insufficiente discrezione e la bara di sua madre entra in corsia di sorpasso. L'addetto ritorna con un'urna e dice, senza per questo scusarsi, che non hanno trovato il modo di chiuderla alla perfezione, perciò la invita a maneggiarla con cura, o a portarla da un fabbro.

Andrea sta per reagire come sempre ha fatto, ma l'avvocato ha fretta, la frena e la trascina via, convincendola con l'annuncio: «Ho una cosa importante per lei».

All'esterno c'è la luce dorata della giornata che se ne va. Si riflette su una busta gialla e lucida, che l'avvocato le consegna.

«È da parte di sua madre, ovviamente... Per il resto delle cose a cui provvedere possiamo vederci in studio quando vuole, fissi un appuntamento. Adesso mi scusi, devo scappare.»

«Ha fatto anche troppo... grazie» dice Andrea non riconoscendo la propria voce, né le parole che pronuncia.

Resta sul marciapiede, con un'urna di ceneri chiusa male e una busta che luccica. L'apre sul taxi. Due righe. Sulla prima è scritto: «Grazie».

Sulla seconda ci sono delle coordinate geografiche. Capisce che è il luogo in cui vuole siano sparsi i suoi resti.

Anche senza immettere i dati nel cellulare sa già dove si trova. Lo fa comunque: ecco la montagna, ecco il ghiacciaio, ecco il punto in cui sorgeva la capanna.

Anche se la capanna non ci fosse più. Anche se il ghiacciaio non ci sarà più.

La stazione Centrale è l'unico tassello di Milano che ha riconosciuto. Non soltanto l'architettura, orgoglio del secolo precedente, ma anche la popolazione che l'affolla. Non i viaggiatori, con i loro abiti e bagagli ultraleggeri, ma gli abitanti della ferrovia. Il mondo trova sempre nuovi modi di produrre ricchezza, ma è rimasto fermo alla maniera consueta di generare povertà. Sempre meno ricchi, sempre più poveri: è come se la fabbrica avesse bisogno di immetterne maggiori quantità per far uscire dall'altro lato nuovi modelli di agiatezza. Andrea passa sotto l'arco magnetico che scannerizza il suo corpo e tutto quel che porta con sé, incluso il titolo di viaggio elettronico. Una lucina verde le consente l'accesso attraverso una parete d'aria vaporizzata e disinfettante, che si dissolve e riforma nel tempo del suo passaggio. Il treno a levitazione la porterà a destinazione in meno di un'ora. Soltanto dieci anni prima sarebbe andata verso Venezia, ma quel che ne resta non è più raggiungibile, se non dal mare. I binari la condurranno più a nord, da lì prenderà un'auto con conducente perché non ha più la patente di guida. È stato considerato un rischio affidarle un volante. Ne ha corsi e fatti correre di più grandi. Ha messo le sue cose in uno zainetto tecnico, l'urna con le ceneri di sua madre in una delle sue borse di lusso. Indossa, di nuovo, vestiti presi dal suo armadio, pantaloni e maglietta bianchi. Fanno eccezione le scarpe: tutte troppo scomode per lei. Ha tenuto le sue, da ginnastica, dello stesso colore. Difficile per chi la incontra intuire che tipo di persona sia: troppi particolari contrastanti. Impossibile immaginare sia uscita di prigione da quarantott'ore.

Ha prenotato la capsula per poter stare da sola e non dover

neppure salutare sconosciuti. Il portellone si apre automaticamente appena si avvicina ai sensori. Sprofonda nella poltrona e pigia il pulsante per togliere la schermatura al grande oblò di vetro: i finestrini circolari annunciano, anche alla supervelocità del treno, il livello superiore di chi ci sta dietro.

Guarda scorrere il paesaggio: non nota quel che c'è, ma quel che manca. È sempre così con il passare del tempo: chi vive enumera le assenze e non si cura delle novità. Ricorda un film che vide più di vent'anni prima, una sera d'inverno, alla televisione. Non avevano tradotto il titolo, si chiamava *Don't look up*. Era la storia di un paio di scienziati che annunciano l'arrivo di un asteroide capace di distruggere la Terra, senza essere presi sul serio. Adesso ce ne sono decine l'anno, prima o poi qualcuno avrà ragione, ma non uno viene preso sul serio.

A colpirla era stata la scena finale del film. Il pianeta sta per essere disintegrato e l'astronomo torna a casa, dalla famiglia che vive nel cuore dell'America, dalla moglie che aveva lasciato per una giornalista famosa. Porta con sé la giovane collega e un ragazzo cristiano fondamentalista. Strada facendo hanno fatto la spesa e la tavola viene imbandita con cibi e bevande all'apparenza deliziosi, che non faranno in tempo a consumare. Si stringono le mani formando una catena, viene pronunciata una preghiera mentre la superficie comincia a vibrare. Non è la scena in sé ad averla colpita, ma la battuta dello scienziato. Alza gli occhi e gira la testa, per un attimo, come se stesse guardando indietro. Dice: «Avevamo tutto». Avevamo tutto. E non lo sapevamo. La storia della nostra vita. Di qualunque vita, fermata nel momento prima della caduta. Qualunque cosa si avesse, era tutto perché era sufficiente. E sufficiente è tutto.

Andrea chiude gli occhi e richiama le cose che si sono perse, senza che ci si rendesse conto di quanto valevano, gli immemorabili sogni bianchi delle nostre esistenze.

Le domeniche mattina nel letto con le pagine degli inserti di giornale sparse sulle lenzuola. I giornali, in sé, soprattutto i necrologi. Le torri dell'acqua sui tetti degli edifici di New York. I banchetti di libri lungo la Senna. Gli hammam nei vicoli di Damasco. Le guide rilegate di luoghi dove non si è mai stati e non si andrà. Le città imperiali travolte dall'acqua o dal fuoco. Le oasi. I cinema, soprattutto quelli con le poltrone di velluto rosso. I film che duravano più di cento minuti e restavano per la vita intera. I desideri puri perché irrealizzabili, con qualsiasi tecnologia.

Come può essere già arrivata?

Scende alla stazione, una di quelle nuove, un ventre di balena bianca in mezzo alla campagna. Sullo schermo del cellulare le appaiono volto e posizione dell'autista, che sta consultando l'immagine reciproca sul proprio. Quando lo raggiunge, la portiera è già aperta. Butta sul sedile accanto a sé zainetto e borsa. Chiede di fare una strada più lenta ma che eviti di passare per luoghi che non vuole rivedere. Ottiene un cenno di assenso, l'uomo riprogramma il navigatore e parte. Il condizionatore è regolato alla perfezione, ci sono due bottigliette d'acqua a sua disposizione e un visore che può trasmettere notizie o filmati brevi del genere prescelto. Clicca su "Comico". Il viaggio dura un'ora e venti minuti, in cui ride una volta sola. Lo considera un ottimo risultato. La portiera si riapre: destinazione. Questo è il mondo da cui erano fuggite.

Posa il primo piede sull'asfalto con la solennità di un capo di Stato in visita a una terra straniera e non è così diverso: non è un capo di Stato, ma si trova in terra straniera. Pensa che l'autista abbia sbagliato qualcosa, ma poi alza gli occhi e riconosce il profilo delle montagne. Il resto è completamente cambiato. Il resto non c'è più. "Paesaggio dopo la battaglia" chiamano questi scenari, ma la battaglia è stata più di un secolo prima. Questo è solo l'effetto di un suicidio assistito. Non sa quando sia cominciata l'agonia, ma capisce che è finita. La strada è sbarrata poco prima dell'ingresso in paese. Prende lo zainetto e la borsa con l'urna. Anche quella se la mette in spalla, per evitare che subisca troppi scossoni la stringe con il gomito. L'autista scende per salutarla e le indica il percorso che lui non può fare. Andrea ringrazia e si avvia. Sette anni non le hanno tolto l'allenamento: semplicemente ha girato in tondo anziché avanzare. Adesso lo fa, registrando il panorama con la visione laterale. Hotel Rocca, chiuso. Bar Stella, chiuso. Garni Creste Rosse, chiuso. Porte sbarrate con pannelli di legno già marcio, insegne sbilenche, finestre murate. Se ne sono andati, e questa volta non torneranno. La funivia è un filo spezzato. Le cabine sono ad arrugginirsi in qualche deposito. L'ultima cassiera è stata una ragazza dell'Est, tornata nel suo mondo senza rimpianti: «Boh, ha smesso di nevicare, si è sciolto tutto, hanno chiuso». Niente appartiene più a nessuno. Si viaggia sul pianeta in cerca di un'occasione, una vita a più basso costo, una terra di mezzo dove nessuno ti ama per quel che sei, ma nessuno ti ferisce per le stesse ragioni. In questo universo Andrea è una cittadina onoraria. Sta attraversando lo specchio della propria autodistruzione, che la riflette in un altro, che la riflette in un altro ancora. Nel tempo dell'immagine nessuno più sapeva quale fosse la persona autentica tra quei riflessi. Hanno proiettato un ologramma e per cercare di abbracciarlo hanno racchiuso se stessi. Sta camminando tra le macerie di un'ambizione. Ci sono state tragedie più grandi, costate migliaia di vite, ma da dove si potrebbe ricominciare se è stato cancellato il mondo che si abitava?

Più Andrea avanza e più le passa la fatica di farlo. È sempre così, con ogni cosa: ti ci immergi e non la senti più. A parte il dolore. Da quello devi tirarti fuori o diventa un'ossessione, l'unica sensazione che ti resta. Andrea ha imparato ad anestetizzarlo fin da bambina. Dopo, ogni volta che si sono incontrati, non si sono riconosciuti, neanche un cenno, ognuno per la propria strada.

Questa è sbreccata, la taglia una ferita che a tratti diventa voragine. L'asfalto è in alcune parti sollevato, in altre pieno di buche. Perché riparare dove non passa più nessuno? Ha superato le case, ora comincia a salire lungo i tornanti. La temperatura è alta, le calzature inadatte, avrebbe dovuto portarsi dei sandali da camminata, ma non ci ha pensato. Si fa forza dicendosi che è solo una questione di scomodità: mica sta affrontando la montagna con le scarpe di cartone. Non l'attendono pericoli o nemici, soltanto la quieta celebrazione di una fine già avvenuta. Prova a spostarsi di lato, sulla terra: impiegherà più tempo, è un percorso scosceso, ma non scotta sotto le suole. Supera l'ultima casa prima del passo, il fantasma della seggiovia per il campo scuola dove scendevano senza paura bambini colorati a matita. Nel tempo la portata degli impianti era stata moltiplicata: lo skilift era per uno, la cestovia per due, la seggiovia per tre. Alla fine ogni operazione, ripiegandosi nella traiettoria verso l'infinito, tende a zero. Si ferma per bere dalla borraccia, appena un sorso perché non vede acqua sgorgare da nessuna parte. Ricorda le grondaie con il flusso liquido che si solidificava, formando un'installazione capace di resistere fino all'estate: adesso ci sono soltanto tubi sbilenchi e vuoti. Il navigatore sul telefono le segnala che il passo è a un chilometro e duecento metri. Lì si trovava il confine tra due regioni e, prima ancora, tra due nazioni. Una riga più sottile, più spessa, separazioni che portano conflitti, la storia ripetuta fino alla nausea e un solo possibile finale: la cancellazione, se non del confine, della storia stessa. Accelera per ingannare i muscoli sorpresi dal dislivello.

Vede in lontananza il rifugio sul passo e la stazione della funivia. Sono entrambi coperti di graffiti che li rendono meno desolati degli altri edifici che ha visto finora. Va oltre, il cavalcavia è piegato come la schiena di un cavallo sfinito e lo supera appoggiandosi con le mani ai detriti per non cadere. La diga è intatta, ma il lago artificiale prosciugato. Artificiale è stata la parola simbolo di un'epoca, quella in cui non ha saputo vivere. Tutto era passibile di artificio: i luoghi, gli organi, i volti. Un completo trapianto esistenziale. Ha trascorso il suo tempo accarezzando cicatrici prima e rughe poi. Non ha mai corretto i ricordi, la memoria o è spietata o non è. Eppure nessuno potrebbe indovinare la sua età, o il suo passato. È una donna agile che supera un bar fantasma sulla diga e prende il sentiero 77, che la condurrà dove vuole arrivare. Si arrotola le maniche della maglietta, strappa il collo per aprire un varco e pazienza se il sole le brucerà la pelle. Prende dallo zaino i bastoncini e aiutandosi con quelli procede rapida verso ciò che immagina un altro nulla. Invece le arriva la musica, il chiasso di voci. Come se ci fosse una festa, l'ultima.

La parte finale del percorso è una scala di pietra, con un ometto al fianco di ogni gradino. È più agevole, ma anche più ripida. Andrea prende un respiro forte, lo fa uscire, lascia che il cuore ritrovi un ritmo naturale prima di affrontare l'ultimo sforzo. A ogni passo il volume della musica cresce, qualcuno urla parole che le sembrano prive di senso: non vocaboli di un'altra lingua, ma inventati. Ancora qualche metro e vedrà sotto di sé la distesa, il pianoro che si affaccia sul ghiacciaio e, se c'è ancora, la capanna. Il caldo è atroce, ha i vestiti incollati alla pelle e sente rivoli di sudore scendere dalla fronte con la velocità di una doccia. Da piccola, all'ennesimo trasloco, sua madre l'aveva portata a vivere in una costruzione avveniristica chiamata Bosco Verticale, un grattacielo dove le piante si alternavano ai balconi creando l'effetto di un enorme albero con il tronco di cemento. Aveva investito parte dell'eredità in un attico in quell'edificio, rivoluto l'altezza e la foresta nell'unico modo in cui le era possibile: una citazione del passato. La vedeva spesso uscire all'esterno, senza un cenno di vertigine, e guardare i tetti della metropoli, i binari della stazione, le strade intasate, ogni volta con una infantile delusione nello sguardo, come se si aspettasse la possibilità d'altro, come se chiudendo e riaprendo gli occhi davvero il panorama potesse cambiare. Soltanto quando nevicava sembrava parzialmente appagata, ma non guardava davanti a sé, guardava all'insù.

Anche Andrea ha il viso rivolto verso l'alto, fissa l'ultimo gradino, ormai ravvicinato. Quando arriva in cima pensa che stiano bruciando la capanna. Ci sono fiamme e fumo. Soltanto guardando meglio si accorge che sono intorno alla struttura, intatta al centro di quei falò. La scena sembra appartenere a un'altra epoca, indietro di secoli, quasi primitiva. Una festa pagana o forse la sua moderna replica come ce n'erano state alla fine del Novecento in alcuni sperduti villaggi d'Africa o deserti d'America. Un centinaio di persone, tutte giovani all'apparenza, stanno correndo, o ballando, intorno a quei fuochi. Sono tutti nudi. Di nuovo, osservando più attentamente, corregge la percezione: indossano un costume color carne, uguale per uomini e donne, ragazze e ragazzi, una specie di costume intero femminile per il nuoto, o forse maschile di un secolo prima, perché sembra estendersi a coprire le cosce. È la replica di una vecchia protesta, ma non può saperlo: lei era già lontana.

Avevano rubato i teli. Teli bianchi usati in estate per coprire in parte il ghiacciaio dove c'erano le piste da sci e rallentarne lo scioglimento. Conoscevano il magazzino in cui venivano riposti durante l'inverno, erano entrati e ne avevano portati via due, belli grandi. Le loro madri li avevano usati come stoffe, tagliando e cucendo. Disapprovavano le loro azioni, ma non la causa per cui le compivano. Avevano ricavato da quei teli diciannove tuniche. Su ciascuna i ragazzi avevano scritto una grande lettera in rosso. Indossandole e disponendosi a distanza di un metro tra di loro, come da regole, avrebbero composto la scritta: ILFUTURONONSISCIOGLIE. Sarebbero andati insieme su, alla partenza della funivia. Quando fossero arrivati i giornalisti e i fotografi si sarebbero fatti riprendere, avrebbero contato fino a cento e poi si sarebbero spogliati, per protesta, rimanendo apparentemente nudi, in realtà con slip e, per le ragazze, anche reggiseno color carne. Oltre alla mascherina bianca.

«Comunque vi ammalerete e poi prenderete il Covid» aveva predetto qualche genitore, con imprecise cognizioni scientifiche. Avrebbero corso un rischio maggiore.

Erano arrivati puntuali, eccitati e festanti. Sapevano di contravvenire a qualche ordinanza, ma il fine, più che giustificarlo, lo richiedeva. La montagna era stata violata, il ghiacciaio arretrava, lo sfruttamento turistico nel cui nome questi effetti erano stati tollerati non era più una risorsa. La pandemia aveva azzerato i viaggi. Le vacanze di fine anno, proibite: ognuno a casa propria. Danno e beffa. Le cabine erano ferme, la fune un brivido trascorso, la neve intatta. Tanti investimenti, discussioni, attese: per niente. Per nessuno. Natale nel vuoto: alberghi chiusi, negozi a orario ridotto, strade deserte. In più, da qualche ora tirava un vento da sud-est feroce e incessante. Sollevava tutto quel che incontrava e lo portava lontano. Il paesaggio era spettrale. Il presente, sciolto.

Era il momento del colpo di scena. Le tuniche si sollevarono sulle teste e volarono. I ragazzi restarono seminudi, ma la stessa lettera era ora scritta sui loro petti: il futuro non si scioglie. Cercarono di apparire intensi e decisi, con una vena di preoccupazione, ma erano contenti, si stavano divertendo, anche se rischiavano davvero di ammalarsi. Peccato che la gente del paese fosse chiusa nelle case, ma quel che importava era che la notizia circolasse. Uno dei diciannove, la lettera T, biondo, vent'anni, il più alto del gruppo, si distrasse: gli sembrò di aver sentito un rumore insolito. Si voltò. Le due U, femmine entrambe, non per caso ai suoi lati, gli chiesero che cos'avesse, perché si fosse girato di spalle. Lui agitò la mano, facendo loro segno di tacere, stava cercando di sentire.

«Ma cosa?»

Continuava a guardare in alto. Le ragazze dissero: «Basta! Andiamo! Fa troppo freddo!». Esitarono perché T non si muoveva, ora gli sembrava di vedere qualcosa, lassù.

«La valanga!» urlò il farmacista in pensione aprendo la finestra.

Questo è quel che T aveva sentito e che ora vedeva a occhio nudo: la cascata di neve che scendeva a valle con la velocità di un pensiero svagato. Correva verso diciannove ragazzi seminudi e un intero paese. Nessuno uscì, ma tutti erano alle finestre, gli occhi spalancati. Con la stessa esperienza della neve il vecchio farmacista giudicò il punto di rottura: sapeva esattamente dove si sarebbe fermata. Avrebbe risparmiato le persone e le case. Ci sarebbe stato soltanto un attacco di cuore, per un uomo di cinquantadue anni che non aveva avuto la stessa fiducia. I ragazzi corsero a casa così com'erano, le tuniche restarono sparpagliate in piazza. Il gruppo, anche quello, si sciolse.

Il giorno dopo dissero che era andata bene, che era stato un mezzo miracolo, che il male non veniva soltanto per nuocere. Se non fosse stato per la pandemia ci sarebbe stato qualcuno su al rifugio, andato distrutto, magari anche sulle piste o sui sentieri, nonostante l'ora. Comunque, era andata meglio così. Dissero anche che era stata una valanga eccezionale: un fronte di seicento metri, una velocità sopra i cento chilometri orari. Irripetibile. Invece ce ne sarebbe stata un'altra simile dopo cinque anni e nessuno avrebbe mai potuto dimenticare quella del 2029.

L'effetto della replica di quella messinscena è quello della canea di un branco di dannati che non inseguono altro che se stessi e non si raggiungono mai. Invece di scendere verso di loro, Andrea si siede e resta a guardarli. E a guardare il luogo dove era stata concepita.

Nella leggenda della nostra vita prima della memoria le cose non iniziano mai in quel posto. Si parte dalla nascita, quindi un ospedale, una clinica, un arrivo concitato, le sopracciglia disegnate dell'ostetrica, le emozioni, la sofferenza, il sollievo, la frase indimenticabile che il padre consegnò alla storia quando vide la creatura («Adesso posso andare a mangiare», «Dio non è più un'ipotesi», «Posso morire, sono morto»), lo sproposito dei parenti, la profezia di una ricoverata («Sarà un omone», «Ma è una femmina, signorina», «E io sono sposata e madre di tre, le dico che sarà un omone. Che nome le ha messo?», «Andrea», «Appunto»). Comincia da lì. Al massimo c'è un prologo, ma stringato, sui mesi dell'attesa, il timore che qualcosa potesse andare storto, il momento in cui qualcosa andò storto durante una cena, e si filò al pronto soccorso. Nessun riferimento all'altro momento: quello in cui tutto davvero cominciò. Mai. Comprensibile nel suo caso, perché le avrebbero raccontato una bugia. Uno dei due, però, ne era cosciente. O forse tutti e due? Andrea è davanti al simulacro della propria origine e una torma di ragazzi ci sta organizzando un baccanale. Per il solstizio estivo? No, è già passato. Per le stelle cadenti? Non ancora. L'annuncio di un UFO? La fine del mondo? L'ultima possibilità è quella che più si avvicinava alla verità: è per la fine di un mondo. Il ghiacciaio si è sciolto.

Si abbassa il cappello sulla fronte e inforca un paio di occhiali con le lenti a specchio. Gira lo zaino sul torace come lo porterebbe un'escursionista timorosa, dovesse mai incontrare un gruppo di invasati che stanno celebrando qualche oscura cerimonia o si stanno preparando a una colossale orgia a cui, per motivi di età e di gusto, non intende partecipare. Il suo arrivo è notato da pochi. Il sentore di droghe leggere è nell'aria. È normale che molti non si accorgano di un'intrusa e ancor più la scambino per una visione, di quelle innocue. Avanza fino al confine delimitato dai fuochi. Nonostante la temperatura insopportabile, non ha nessuna intenzione di denudarsi e mimetizzarsi tra quella folla. Fissa la capanna: è tuttora in piedi. Ha esercitato una misteriosa forma di resistenza. Certo, non sta benissimo, ma in quel panorama, considerando la situazione di partenza, si è mantenuta meglio di tutte le altre strutture. Il legno è rovinato, inevitabilmente, ma il tetto sembra aver tenuto, aiutato dal ridursi delle nevicate. È semmai strano che la costruzione non sia stata distrutta volontariamente. Cancellano tutto, ma non hanno cancellato questa. C'è qualcos'altro che avrebbe dovuto vedere da lì, ma sta evitando di girare lo sguardo in quella direzione. Non è da lei rinunciare o prendere tempo. Si concede tre secondi: tre, due, uno, sguardo. L'altra funivia non c'è più. I piloni sono stati abbattuti e trasportati via, i fili tagliati, la memoria rimossa. Tranne la sua. Non una traccia, una lapide, niente. Soltanto il suo ricordo, che nessuno di quei ragazzi potrebbe condividere. Nemmeno al processo era emersa la verità su quella storia. All'accusa non serviva, anzi. Alla difesa l'aveva vietata lei.

Passa in mezzo ai ragazzi come se la sua presenza fosse annunciata. Si sfila lo zaino e lo lascia cadere su una panca. Posa a terra la borsa con l'urna. Sente il sudore rapprendersi sulla fronte, si passa un fazzoletto e poi se l'annoda al collo. Il calore emanato dalla pelle le sta appannando le lenti. Riprende il fazzoletto per pulirle. Gli occhiali lasciano il volto per non più di dieci secondi, ma quando li rimette e alza il viso vede davanti a sé un ragazzo dai lunghi capelli biondi, alto, magrissimo, che la fissa con la bocca socchiusa. Pensa che lo stupore sia dovuto alla sua incongrua presenza, niente di più. Invece quello mormora: «La donna elettrica...». E così Andrea viene riconosciuta.

Aveva trentaquattro anni quando vide quel film. In Italia l'avevano fatto in pochi. Il regista era islandese. Aveva avuto spettatori nell'Europa del Nord e in qualche festival. Era entrata in un multisala con il biglietto per una diversa pellicola. Poi, sul cartellone nel corridoio, aveva letto il titolo originale, *Donna in guerra*, e aveva cambiato direzione. Lei ne stava aspettando una, di guerra, chiusa come un'eremita metropolitana nel suo grande monolocale, per altri un piccolo loft, sotto i tetti di una casa di ringhiera. Era appena tornata dall'ennesimo ricovero in una struttura che avrebbe dovuto combattere la depressione con l'estetica e poco altro. Adorò quel film. Era una storia piena di umanità e ironia, ma fortemente politica. Raccontava di una cinquantenne che insegnava nel coro musicale, ma nascondeva una seconda vita. "Ecoterrorista" la definivano le sinossi, frettolose per dovere. Arciera perfetta, solcava l'arida terra vulcanica raggiungendo tralicci che rovinavano il paesaggio e il futuro dell'ambiente. E li abbatteva. Scappava e si andava a nascondere sotto una pietra, che era poi la sua insospettabile prima vita: un lavoro, una bicicletta, una gemella spiritualista insieme con la quale aveva chiesto in adozione una bimba ucraina. Questo, quattro anni prima che quel Paese finisse in guerra, invaso dalla Russia. Non esiste arte profetica, si inventano storie in ogni possibile direzione. Tra decine di romanzi, film, serie televisive, qualcuno per forza intercetta il futuro. Immersi nel tempo che ci tocca, poi ce ne stupiamo. Andrea amava il mito greco dell'indovino Calcante: nel giorno che aveva previsto per la propria morte si sentiva benissimo, e morì dal ridere.

Quel film fu la sua profezia personalizzata. Si depositò in fondo alla sua mente come una possibilità. E ci restò a lungo. Finché venne avvicinata, per modo di dire, perché il contatto avvenne on line, da qualcuno che era interessato a fare uso delle sue capacità. Andrea aveva fatto della solitudine identità e stimolo. Aveva imparato fin da piccola a viaggiare in un mondo alternativo, quello della rete, a svelarne a se stessa i segreti, superarne gli ostacoli. Era al tempo stesso una geniale creatrice di barriere digitali e una formidabile hacker. La seconda attitudine era una conseguenza della prima. Quando il suo cervello la seguiva era imbattibile. Era entrata in contatto con gruppi di ogni genere, dissidenti di qualsiasi origine. E se n'era staccata con altrettanta facilità, quando per lei tutto diventava confuso, inutile e si rifugiava in mondi paralleli evocati dalle sostanze che ce la trasportavano. Anni consecutivi e inediti di lucidità l'avevano infine preparata a diventare quel che una parte di lei aveva sempre desiderato essere, la donna in guerra, o meglio la donna elettrica. Fu quello il nome di battaglia che si scelse. Ebbe a volte il dubbio se cambiarlo in "elettronica", ma alla fine si tenne l'originale.

Preparò la sua piccola guerra quando infine la causa le parve indiscutibile. Non si trattava più di combattere per il gusto di farlo, ma per la volontà di ottenere un risultato. Era diventata una guerriera adulta. Il debutto richiese una lunga preparazione: studiò tutti i particolari prima di entrare in azione. Scelse l'obiettivo, concedendosi però un piano B. Avrebbe colpito una volta all'anno, sempre nella stessa data, ma in un luogo diverso. La prima scelta avrebbe dettato le altre, almeno per il tempo. Avrebbe cominciato dalla città in cui si trovava. Era rischioso, ma la sua estensione le forniva abbondanza di obiettivi, e nascondigli a cose fatte. Si creò un esercito di identità digitali che si autodistruggevano dopo un solo impiego. Acquistò il dominio per una miriade di siti fantasma che avrebbe usato e fatto sparire dopo ogni operazione. L'attività fu così estesa, gli alias così numerosi, da lasciare a chi la cercò prima e trovò poi la convinzione che ad agire fosse un gruppo e che lei, rintracciata, avesse deciso di coprire i complici. Arrestata lei, la donna elettrica non si fece più sentire.

Fu a lungo incerta se partire piano e poi crescere. Decise, al contrario, di fare un primo atto che facesse colpo e poi alimentare la leggenda con la ripetizione, anche a più basso livello. Mirò in alto, a qualcosa di spettacolare che in tanti avrebbero visto, in diretta o dopo: il derby di calcio. La partita tra le due squadre della città attirava l'attenzione di milioni di persone, veniva trasmessa in tutto il mondo. Lo stadio buio avrebbe fatto il giro del pianeta: niente avrebbe fatto più impressione di una mancanza d'immagine. Blackout al derby. Sembrava già un film. E lo fu. Il più visto del fine settimana.

Il sistema di alimentazione energetico non era all'avanguardia, somigliava a un altro a cui aveva lavorato anni prima: non era un'impresa impossibile. Andrea non era un'arciera, ma sapeva tirare tutte le frecce del suo tempo nella foresta cibernetica dove si muoveva più agilmente che nella realtà. Preparò l'esplosivo virtuale, portò con sé il detonatore a distanza. Premette il pulsante da un telefono cellulare mentre si trovava in un ristorante, godendosi l'effetto su un visore appoggiato al tavolo. Nessuno poteva sospettare che quella donna sola, seduta in un angolo con un cocktail di gamberi, intenta a cliccare sul piccolo schermo, fosse la responsabile del più inatteso attacco digitale dell'anno: non chattava con un'amica, non scartava approcci su una app di incontri, non prenotava un viaggio a basso costo confrontando tutte le possibili offerte. Ecco, alzate la testa, guardate bene, tutto nero sul video, prendetevela pure con il sindaco, non è colpa sua né dell'apparecchio, qui siamo in un'altra parte della città, qui la corrente elettrica passa e passerà ancora, là no, non adesso, non finché non avranno reagito, capito, ma sarà tardi, forse troppo tardi per giocare ancora, o lo faranno (l'avevano fatto) e sul maxischermo apparirà una scritta luminosa trasmessa in mondovisione (era apparsa, per la durata di uno spot ma gratis): "L'energia che usate uccide le persone e l'ambiente. La donna elettrica". Non si era parlato d'altro per due giorni, quello era il livello di attenzione massimo in quel periodo. Si era discusso se quell'interruzione di corrente elettrica, che aveva bloccato anche i piani di riserva, costituisse un reato e quale esattamente. Chi si nascondesse dietro "la donna elettrica", quale gruppo, dove basato. Soltanto al terzo giorno qualcuno fece un collegamento con il film, a quel punto davvero dimenticato. Fu un giornalista di costume, in un blog poco seguito. Sarebbe stato un indizio importante, se fosse stato preso in considerazione, ma si preferì continuare a pensare a islamisti, servizi stranieri, perfino neofemministi (uomini che volevano consegnare tutto il potere alle donne). E la vita proseguì.

L'anno seguente, nello stesso giorno sul calendario, bloccò il funzionamento di un'intera centrale nucleare vicino al confine francese. Quando cercarono di riattivarla passò in modalità allarme e non osarono proseguire. Contemporaneamente su tutti i tabelloni autostradali della zona apparve lo stesso messaggio di un anno prima: "L'energia che usate uccide le persone e l'ambiente. La donna elettrica".

Andrea era già sul treno diretto a sud. Non le riusciva difficile cambiare ambiente in continuazione. Non le pesava la solitudine, la vita ritirata. Aveva una valigia di vestiti tutti uguali, materiali tecnici, di colore blu scuro, intercambiabili, scarponcini, scarpe da ginnastica, un paio con i tacchi alti, sempre blu, più elettrico, giubbotti di vario peso, maglie di diverse lunghezze. Cappelli, occhiali con lenti colorate o a specchio. Conosceva cinque lingue: inglese, spagnolo, francese, russo, arabo, oltre l'italiano. Si manteneva con la rendita familiare e aveva ripreso il suo lavoro a distanza di consulenza per la protezione dei dati informatici. Aveva una piccola società, dove raccontava lavorassero in tre, ma era sola. La retribuivano con bonifici su un conto corrente on line. Era preparata a quella vita. Non aveva fratelli o sorelle. I figli unici si abituano fin da piccoli alla compagnia esclusiva di se stessi, creano universi e li abitano diventandone non gli imperatori, ma gli esploratori, curiosi della loro stessa fantasia. Le polizie di tutto il mondo dovrebbero schedarli alla nascita, eliminando via via quelli che non diventano scrittori, madri di famiglie numerose, navigatori solitari. I rimanenti saranno pericolosi, almeno per la comune morale e l'ordinaria sequenza degli avvenimenti. I figli unici possono diventare clandestini, esiliati, carcerati: Andrea sarebbe stata tutte e tre le cose. Nel film, la donna elettrica viene tradita da una goccia di sangue. Lei, da una telefonata di sua madre.

Il ragazzo la fissa, tra incredulità e ammirazione. Non riesce a dire altro dopo che Andrea ha annuito, ammettendo la propria identità. Sembra improvvisamente imbarazzato, per il costume che indossa e la cerimonia che gli fa da sfondo. Perfino per il fatto di essere stonato a causa del fumo, come se si fosse fatto trovare impreparato a un esame o un appuntamento con la storia. Fa qualche passo indietro e da una pila di abiti recupera una camicia a scacchi blu e neri, che gli va larga e non è evidentemente sua. Trova anche un paio di bermuda, più giusti. Andrea non gli ha tolto gli occhi di dosso e lo aspetta in silenzio. Il ragazzo trova la forza per domandare: «Posso chiedere che cosa ci fa qui, proprio oggi?».

Capisce che pensa sia evasa e che si sente già complice di un'avventura.

«Ho scontato la pena e sono venuta a farmi dare del lei da un ragazzo in mutande.»

«Ma... mi sono rivestito.»

«Dopo... ma la vera domanda è: che cosa state facendo voi, qui?»

«È l'ultima notte del ghiacciaio. Simbolicamente. L'ultima notte bianca, sa... sai, quelle cose per cui un tempo si stava sempre svegli...»

«A San Pietroburgo, a Tromsø...»

«Anche in Italia, anche a Roma, per dire, è successo, ma non è proprio che ci fosse la luce. Era un modo di dire, appunto: una scusa per stare svegli. Domani si scioglierà l'ultima parte del ghiacciaio, l'ultimo metro quadrato sufficiente a considerarlo un ghiacciaio e non una chiazza di gelo, poi sparirà anche quella, comunque...»

«E avete deciso di ballarci sopra, o intorno, o insomma... qui.»

«Sì, è una specie di celebrazione, una festa al contrario, come quei funerali dove tutti mangiano e scherzano ricordando episodi sul defunto...»

«E voi che cosa ricordate di questo ghiacciaio che muore?»

«Poco, quando io sono nato dicevano già che fosse malato. È una specie di nonno che stava già chiuso in camera, a letto e tossiva, però c'era. E c'era la neve e la gente qui veniva, soprattutto d'inverno. Poi hanno smesso, a poco a poco venivano solo d'estate, poi più niente. E anche molti di noi sono andati via, più giù. E sono tornati stanotte. Come... come te. Tu sei di qui, vero? Ricordo che quando ci fu il processo la gente della valle ne parlava...»

«Immagino come...»

«Be' sì, i più... ma qualcuno era fiero, anche.»

«Basta che se ne parli.»

«E quindi? Perché qui, oggi? Hai saputo della festa?»

«Non sono esattamente collegata. Da sette anni.»

«Già, scusa.»

Andrea va a sedersi su una roccia piatta e fa cenno al ragazzo di avvicinarsi.

«Come ti chiami?»

«Roberto, Bob per tutti...»

«Kennedy o Dylan?»

«...»

«Va bene.»

«Guarda che lo so chi sono, specialmente Dylan, anche se non è il mio genere. Neanche di mio padre... credo sia per via di un calciatore.»

«Baggio?»
«Non saprei.»
«Mancini?»
«Ma chennesò, ne sai più tu, io... noi non seguiamo più il calcio... è una cosa finita. Blackout, come quel derby... E poi in realtà avrei un doppio nome...»
«Tipo?»
«Fa un po' ridere.»
«Sentiamo...»
«Roberto Maria.»
Andrea non riuscì a replicare.
«... e comunque lui era uno di quelli orgogliosi di te...»
«Era?»
«È, ma sta lontano, stiamo lontani... lui, vicino al mare, adesso è più facile stare lì, no?»
«Dove vai, quello arriva.»
«Anche per questo siamo qui.»
«Non è tardi, esserci l'ultima notte?»
«Sì, ma almeno lo facciamo notare. Tu, invece?»
Andrea guarda la borsa tra i suoi piedi. Ha sempre detestato quelli che non raccontano la verità ai bambini, ai ragazzi, alle generazioni successive: qualunque essa sia. Li espongono al rischio di fraintendere la vita, credere che sia governabile o anche soltanto rimediabile. O che le informazioni non siano decisive per orientarla. Tacere o dire la verità: non c'è una terza via.
«Ho una scatola di ceneri qui, da disperdere nel vento. Quando farà buio. A questo punto penso che aspetterò la vostra notte bianca, la mezzanotte.»
«Qui, proprio qui?»
«Dove c'è la capanna. Avevo le coordinate, perché credo pensasse che poteva non essere più in piedi.»
«La persona... delle ceneri...?»
«Mia madre.»
Il ragazzo, Roberto, per tutti Bob, annuisce e si siede anche lui, su una roccia. Guarda la discesa a valle, dove per un breve tempo c'era stata una funivia. Dice: «Tu sei una Motta, vero?».

Tacere o dire la verità.
Sceglie: «Non proprio».

Maria Motta amava, più di ogni altra cosa, sciare. La ragione principale per cui aveva accettato con gioia di trasferirsi sulla montagna del marito era quella: chilometri di piste, la possibilità di solcarle a qualunque ora e in qualunque stagione, da quando avevano aperto il ghiacciaio in estate. Non gareggiava, ma si sentiva la migliore comunque. Non tanto in velocità, quanto per grazia. Sulla neve danzava: il riferimento era a certi movimenti coreografati che disegnava nella sua testa e a volte riproducevano proprio traiettorie classiche. Sapeva di essere ammirata, e per molti motivi, nonostante il fagotto delle tenute da sci ne nascondesse alcuni. Bastavano i capelli, molti anni prima che diventasse obbligatorio incastrarli sotto il casco.

Non li avrebbe legati mai, neppure sotto la neve. La scia bionda era il suo marchio, attraeva gli sguardi e pennellava i percorsi. Nessuno sciava meglio di così. Tranne Andrea.

Lei non aveva mai preso lezioni, non ne aveva bisogno, ma aveva sentito parlare di lui: l'eremita, quello che viveva solo nella baita fuori pista. Il discendente di una tragedia locale. Il collezionista di cimeli: almeno lei non li chiamava souvenir. L'aveva incrociato una volta sola, alla partenza della funivia. Aveva immaginato la possibilità di una sfida, ma mentre lei si avviava alla cabina reggendo gli sci lui li aveva buttati nella neve, se li era agganciati agli scarponi e aveva cominciato a salire divaricandoli come non gli costasse fatica, sparendo nel bosco mentre lei l'osservava sospesa in aria. Poi venne la nebbia.

Era un pomeriggio di fine stagione, uno di quelli che dovrebbero essere definitivi, ma si alza la coda del tempo e no, magari domani. Dopo una sequenza di giorni di sole era tornata a scendere la neve, non quella delle grandi occasioni, ma scendeva con impegno. Gli impianti stavano chiudendo, restavano soltanto le ultime corse per riportare giù chi non se la sentiva di sciare senza vedere a più che brevissima distanza. Maria era in cima, con un amico venuto dalla metropoli. Gli disse: «Vai avanti, ti seguo». Lui, capelli scuri, piumino rosso, pantaloni blu, partì. Maria perse qualche secondo per sistemarsi un guanto, poi lo seguì. Almeno, così credeva. La tradì la nevicata a cui si era aggiunta la nebbia. Ognuno veniva avvolto in un bozzolo, embrione di un imprevisto destino. Maria intravide il piumino rosso, i capelli scuri e li seguì. Il suo amico stava davvero migliorando, forse al mattino era fuori allenamento, ora sciava come un campione, senza fretta, divertendosi proprio perché era una situazione così particolare. Poi fece un'altra cosa ancor più inaspettata: si fermò. Sganciò gli attacchi e raccolse gli sci. Maria si bloccò a due metri da lui. In perfetta sincronia sollevarono entrambi gli occhialoni e si guardarono: aveva seguito l'uomo sbagliato. Non era il suo amico, era l'erèmita. L'ombra che aveva alle spalle era la sua capanna. Lei fece cadere gli occhialoni sul collo, dove li mantenne il grosso elastico, e scosse i capelli innevati. Lui indicò con un cenno della testa la baita. I sottotitoli si occuparono di inviti a entrare aspettando che il peggio passasse, di accettazioni sorprese. Lui fece strada. Lei fece i calcoli. Tra quanto tempo avrebbe dovuto essere a casa. L'idea di una parentesi in cui infilare un momento irripetibile era nella mente di entrambi, con la stessa chiarezza e inevitabilità. Non c'era altro da fare e lo fecero. C'erano due letti appena separati, li unirono. Non si chiesero i nomi, li conoscevano e pronunciarli avrebbe rotto la bolla in cui erano entrati. Si tolsero i piumini che avevano prodotto l'inganno o il pretesto, gli indumenti bagnati di sudore freddo. A lei sembrò un viaggio in un'altra epoca, a lui una missione all'estero. Erano in una capsula del tempo che nessuno mai avrebbe ritrovato e aperto. Costruirono un segreto che sarebbe durato decenni. Si sarebbero rivisti ancora, alla stessa maniera, seguendo un cerimoniale che era diventato una fantasia e l'unica possibile realtà. Poi lei aveva decretato la fine, staccato il contatto, era scomparsa per motivi che solo più tardi sarebbero risultati evidenti.

Proprio quando raggiunse l'orgasmo Andrea si vide riflesso e gli sembrò il volto esausto di un uomo che muore. Si lasciò andare sul cuscino, accanto alla mano di Maria, chiedendosi se aveva visto il futuro o il passato di miliardi di uomini che avevano condotto la specie fino a lì e che un giorno l'avrebbero distrutta. Ebbe l'impressione che tutto questo fosse già accaduto, come molte cose nella storia, alla stessa identica maniera, in modi infinitamente diversi.

«È cambiata?» chiede il ragazzo.

«Cosa?»

«La capanna.»

Andrea scuote la testa, non sa rispondere alla domanda: «Non posso saperlo. Non vengo più qui da quasi mezzo secolo».

Quel riferimento di tempo fa sgranare gli occhi al ragazzo e lei ride: «Pensavi che avessi la tua età?».

«No, be'... certo no, ma...»

«Certo no?»

«Volevo dire che stava scritto sui siti, c'è ancora la tua storia e dice che sei nata qui in quel certo anno, ma è quel mezzo... secolo che mi ha fatto effetto.»

«Oh...»

«Lasciamo stare.»

«Puoi ancora darmi del tu, comunque. E che altro hai letto sui siti?»

Il ragazzo le avvicina il suo orologio, si sente un campanello di riconoscimento e sul quadrante appare la biografia di Andrea ricavata dai più letti tra i testi che la riguardano.

«Puoi vedere da te.»

L'orologio rimane sollevato tra loro, ma Andrea allontana il polso del ragazzo: «Da sette anni leggo solo dentro di me».

Lui annuisce e ritira il braccio.

Lei insiste: «E quindi? Che altro hai letto?».

«A parte la storia della donna elettrica?»

«C'è altro?»

«La storia dell'incidente.»

«Quello... di mezzo secolo fa?»

«Sì, quello che successe qui, sulla montagna, sotto la funivia che poi non c'è più. Dice che ti trovarono come paralizzata. Eri una bambina ed eri sotto choc perché avevi visto morire tuo padre e quest'altro uomo, quello che stava qui, nella capanna. Che c'era stato un guasto, forse un sabotaggio, non l'hanno mai capito, e poi eravate scesi con una corda e i due hanno probabilmente litigato, tuo padre ha spinto l'altro che è caduto e battendo la testa è morto e a tuo padre è venuto un infarto. E tu avevi... tipo quattro anni?»

«Tipo.»

«E anche per questo precedente, questo choc, forse te ne hanno poi dati di meno al processo, di anni.»

«Tipo sette.»

«È andata così?»

«Tipo.»

Segue un lungo silenzio. Lo rompe lei: «Sai come si chiama questa baita?». La indica alle sue spalle, con il pollice che punta all'indietro, senza guardarla.

«No, dicono quella dell'eremita.»

«Lui l'aveva chiamata Capanna Bob.»

«Per Dylan o per Kennedy?»

«Per un cane. Il cane che aveva con sé quando venne a vivere qui.»

«Ah, questo mi nobilita.»

«Un cane è una cosa nobile?»

«Certo, tutti noi qui siamo anche animalisti. Qualcuno perfino animista. Ma tu come la sai questa cosa del cane Bob, se sei andata via di qui da bambina dopo quell'incidente?»

«Ho studiato la storia di quell'uomo, mi sono informata.»

«Perché aveva praticamente ucciso tuo padre?»

Andrea scatta in piedi.

«Che cos'è che contate di fare qui, precisamente?»

«Niente, un casino organizzato: una notte bianca mentre il

bianco scompare. Una veglia rumorosa perché la gente dorme e non si accorge di quel che sta sparendo. Spareremo dei razzi luminosi, accenderemo fuochi, faremo rotolare qualche pietra... no, nessuna frana, era un modo di dire.»

«Chi terrete svegli se non c'è più nessuno?»

«Le foto, i video circoleranno, in diretta. C'è gente che farà la stessa cosa altrove, in altri ghiacciai o soprattutto ex ghiacciai nel mondo, nello stesso momento, ma in ore diverse, condivideremo questa cosa, la vedranno e la sapranno tutti, dappertutto.»

«Lo fai per divertirti o perché ci credi?»

«Tutt'e due. A questo punto della vita voglio divertirmi, ma anche trovare una causa per cui battermi.»

«Prima di entrare in banca?»

«Non credo che lo farò.»

«Era un modo di dire. Prima di imborghesirti: diventare uno con un lavoro, una famiglia, avere una crisi di senso quando avrai più o meno la mia età, poi cercare la pace spirituale e prepararti a discioglierti nel creato...»

«Oddio.»

«Appunto. Sai che cosa c'è che non funziona?»

Andrea lascia la domanda senza risposta. Fa qualche passo per vedere più da vicino i preparativi per la veglia. Non sembra un rave, quelli appartenevano alla sua epoca. Non assomiglia a niente, se non a quel che ha detto lui: un casino organizzato.

«Che cosa, non funziona?» insiste Bob.

Lei si gira: «Guerra e pace. In questo ordine. Da giovani tutti cercano qualcosa per cui combattere e da vecchi il modo per pacificarsi. Bisognerebbe stare in pace quando si può goderne e andarsene lottando. Non esistono ambientalisti anziani. Non gliene frega più niente, anzi, preferiscono lasciare la casa nel caos quando vanno via. Mettono ordine solo dentro».

«Per questo tu invece sei diventata la donna elettrica... dopo, più tardi...?»

«Se dicevi da vecchia, avevamo finito. E comunque io ci

sono arrivata non so neppure dirti come, ma la strada è quella. Poi magari se trovi la pace da giovane, quando sei vecchio la guerra la eviti proprio: meglio ancora. Tu che cos'hai che ti impedisce di trovare la pace?»

«Forse che non la cerco?»

«Ecco. Fatti trovare, allora.»

«Come è stato che ti hanno trovata? Intendo, la donna elettrica. Non l'ho letto in rete.»

«Perché non lo hanno rivelato, per non svelare quanto siamo controllati e soprattutto come. Dopo il primo colpo, quello dello stadio, hanno avuto un anno per organizzarsi. E l'hanno fatto bene. Hanno messo sotto controllo tutti gli esperti di informatica, gli hacker schedati, i consulenti per i sistemi di sicurezza digitale. Io ero un po' di tutte e tre le cose. Avevo un cellulare personale. Non sentivo mai mia madre. Mi ha chiamato dopo non so quanto, proprio mentre ero nella zona della centrale. Non avrei dovuto andarci, ma volevo controllare l'effetto da vicino, come avevo fatto a Milano. E non avrei dovuto rispondere: ho agganciato una cella, creato un sospetto. Avevo già buttato il portatile usato per dar il via all'operazione, ma i due si erano allacciati. La gente non lo sa, ma tutto è collegato, tutto resta. Lasciamo un'infinità di tracce e non sono riuscita a cancellarle tutte. Mia madre era il mio destino.»

Il ragazzo annuisce.

Lei continua: «Sai quella cosa del cane, il cane che ha dato il nome alla capanna?».

«Bob? Come me?»

«Sì, non c'era nessun cane. Mio padre non ha mai avuto un cane. Gli piaceva l'idea. Non del cane, ma del nome Bob. Lo giustificava con un fantasma, o con una profezia, va' a sapere. Che tu, proprio tu sia venuto quassù con quel soprannome e ti sia messo a parlarmi, non volevo lo prendessi per un destino, magari lo è, ma non ci starei tanto a fantasticare.»

«Hai detto mio padre.»

«Cosa?»

«Hai detto che l'uomo che viveva qui e non aveva un cane, hai detto che era tuo padre.»

«Non c'era nessun padre.»

Sua madre aveva aspettato il diciottesimo compleanno per dirglielo.

Forse, l'avesse fatto prima, temeva un'accusa di crudeltà verso i minori, aveva pensato Andrea tempo dopo.

O semplicemente aveva deciso che fosse giunto il tempo di condividere la profondità del dolore che soltanto la piena conoscenza può dare. Quella notte lei aveva perduto quasi tutto: il marito e l'uomo che aveva amato senza esserne capace fino in fondo. Portava il peso di essere la sola a saperlo. Amava sua figlia, ma non era mai stata convinta della versione ufficiale dell'accaduto: Leonardo che spinge Andrea, l'altro Andrea, facendolo cadere e battere la testa e ha un colpo al cuore quando capisce di averlo ucciso. Non era aggressivo, non lo era mai stato, non avrebbe attaccato per primo. La bambina era stata trovata in stato confusionale, prima non ricordava, poi aveva rimosso. Del padre non parlava mai e più cresceva più quell'uomo diventava il racconto e la memoria di qualcun altro. Quella notte prese la forma di un vuoto attorno a cui passare con cautela per poter andare oltre. Finché raggiunse la maggiore età.

La festa si svolse in un locale che era stato un garage, ristrutturato a tema: pareti come carrozzerie luccicanti, fanali per l'illuminazione, sedili di pelle sparsi. Era tornata alle quattro del mattino, piacevolmente ebbra, ma ancora lucida. A quel tempo si limitava a spinelli e qualche vodka. Sua madre l'aveva aspettata sveglia, già questo era una sorpresa: se era a casa la sera buttava giù due pillole e si addormentava prima di mezzanotte. Più spesso ancora dormiva da qualcun altro. Il suo successo con gli uomini era straordinario e non decrescente. A scendere era soltanto l'età dei prescelti o di quelli che sceglievano lei. Non si era mai preoccupata prima dei suoi orari di rientro. Era seduta in poltrona, una luce di taglio ne mostrava metà del volto. Indossava un abito da sera, come fosse lei quella appena tornata da una festa, magari era così. Le gambe, incrociate, non si muovevano. Neppure le mani, che stringevano i braccioli. Al suo fianco, sul tavolino, una busta chiusa, di colore giallo, usurata dal tempo.

Andrea teneva le scarpe per il cinturino, infilato tra le dita. Alta com'era, non era abituata ai tacchi, per sua madre naturali come i doposci.

«Eri preoccupata?»

«Non particolarmente.»

«Sto bene, ho bevuto il giusto, una sola canna e non guidavo io.»

«Il giusto, eh?»

«Sì. Sono molto stanca. Tu no?»

Nessuna risposta.

Fece per girarsi, dare la buonanotte e andare a letto.

«Sono rimasta sveglia per darti una cosa.»

«Un regalo? Mi hai già regalato la festa, che scema, scusami, non ti ho ancora ringraziata. Hai aspettato per questo, vero? Grazie...»

Fece per chinarsi e darle un bacio, ma la madre mosse la mano dal bracciolo e prese la busta gialla, alzandola tra di loro.

«Che cos'è?»

«Una verità.»

«E mi riguarda?»

«Sì.»

«Forse dovrei sedermi.»

«Credo di sì.»

«Mi regali una verità per il mio diciottesimo compleanno, oltre alla festa?»

«Non te la regalo, te la consegno. Solo nelle narrazioni religiose la verità è un dono.»

«E questa invece che cos'è?»

Maria non rispose. Pensò che una verità non è né buona né cattiva, né brutta né bella: la verità è quel che è successo e basta. È quel che diciamo e costruiamo al suo posto ad assumere significato. Sua figlia, per esempio, era stata una cosa buona.

Tagliò corto: «Aprila».

Andrea eseguì. La busta conteneva pochi fogli. Portavano l'intestazione di una clinica e la data di molti anni prima: lei era nata da poco.

Da quando si era seduta si sentiva sfinita e teneva gli occhi aperti a fatica. Non ce la faceva a decifrare il significato di quelle parole, lettere, numeri. Era tutto troppo confuso, ma non voleva rimandare al giorno seguente: per come era stata allestita la scena doveva trattarsi di una rivelazione importante.

«Non capisco. Dimmi tu che cos'è.»

«È un test di paternità. Uno dei primi mai fatti in Italia. Molto all'avanguardia per il tempo. Fatto all'insaputa del soggetto.»

«Che era?»

«Tuo padre. O meglio... non lo era.»

La stanchezza le passò di colpo, vedeva e capiva tutto nei minimi dettagli: il nome sull'esito dell'esame, le parole di sua madre, le conseguenze.

«Sei sicura?»

«È stato fatto un secondo test... dopo... esito identico.»

«L'hai fatto fare tu?»

«No, i fratelli di tuo padre... di Leonardo.»

«Perché?»

«C'era una guerra in corso, una piccola guerra. Loro stavano dall'altra parte, avevano l'arma finale ma non la usarono mai, né prima né dopo. Il padre, lui sì l'avrebbe fatto. Loro, per fortuna, non ne sono stati capaci. Non riuscirono a far male a una persona decente, e neanche a te. Potevano farti fuori dall'eredità, ma hanno lasciato perdere.»

«Non me ne frega niente dei miei zii, non li vedo mai e adesso capisco perché. Mi stai dicendo che mio padre non era mio padre. Sei la sola che può saperlo: è possibile?»

«Di più.»

«In che senso?»

«È... altamente probabile. È sicuro.»
«Lo sapevi?»
«No.»
«Ma sai allora chi è, chi è mio padre?»
«Sì, certo. C'era solo un altro. Quindi era lui.»
«Hai detto era, non è...»
«Era l'altro uomo.»
«Sì, ma quale altro uomo?»
«L'altro uomo che c'era quella notte con te e Leonardo sul ghiacciaio, quello che si chiamava come te: Andrea, Andrea Darman.»

Qualcosa dentro le si indurì e non si sarebbe sciolto mai più. Si rimuove spingendo al largo, poi una marea riporta quel che si è allontanato e lo sbatte addosso con violenza. Era tornata a casa dalla sua festa e, dopo quattordici anni di nebbia, ora sapeva di aver ucciso suo padre.

Il pomeriggio sta finendo, ma continua a fare caldo. Andrea controlla sul quadrante dell'orologio: quarantun gradi. Per forza i ragazzi sono estenuati: di questo passo crolleranno prima di sera. Danzano come giocattoli elettronici con le pile che cominciano a scaricarsi. Il sole calante li riaccende.

«A che età hai smesso di commuoverti per i tramonti?» chiede Bob.
«Ancora un riferimento all'età e sei fuori.»
«Va bene: quando hai smesso?»
«Non c'è un'età per farlo. E comunque, mai.»
«Non sembrerebbe. Eppure, voglio dire, in sette anni di prigione non devi averne visti tanti, forse nessuno. Poi, se ho capito, arrivi da Milano che, insomma... e guarda lì che spettacolo hanno messo su per te, non so se te le ricordavi, le rocce rosa, quando eri bambina...»
«No, ho rimosso tutto di quel tempo.»
«E allora dovresti restare sconvolta a vedere... questo.»

«Ho visto molto, sai?»
«Sì, ma la bellezza...»
«La bellezza cura, la bellezza può salvare, ma troppi sono ciechi. E allora non basta... Qui hanno combattuto una guerra vera e un'altra per fare soldi, si sono fatte e disfatte fortune, famiglie, alleanze e non è che stessero a guardare i tramonti. Ci si abitua al bello, al brutto, a tutto, si va oltre.»
«Sì, ma io chiedevo di te. Forse mi hai risposto, forse sei andata oltre...»
«Forse sì.»
Tacciono. Adesso Andrea si sta commuovendo davvero, ma non vuol farlo vedere. Non è ancora arrivata al punto di non ritorno in cui la bellezza perde significato e il male è soltanto un'azione dagli effetti diversi. Abbassa la testa come se le desse fastidio l'esplosione di luce. Tra poco scenderà l'oscurità, di notte farà quello per cui è venuta e all'alba, o quando si sveglierà, ripartirà.
«Pensi che possa dormire qui? Intendo, nella capanna?»
«Certo. È mia, in fondo, per cui te la cedo.»
Sarebbe mia in realtà, pensa Andrea, ma non lo dice. Accenna un ringraziamento, raccoglie lo zaino, la borsa e si avvia verso l'interno della baita.
«Fra treno e scarpinata, mi serve una doccia.»
Non aveva mai messo piede lì dentro, per fortuna si erano portati via tutto ciò che era appartenuto all'altro Andrea. I cimeli erano in uno dei tre musei della guerra che si contendevano i visitatori, su un versante, sull'altro e in cima al passo. Una cosa soltanto si è salvata: la piastrina che era appartenuta al primo Andrea Darman.

Prende dallo zaino la busta gialla, l'apre e fa cadere l'oggetto sul palmo. Proprio in quella baita sua madre l'aveva ricevuta in regalo più di cinquant'anni prima. Dal punto di vista del donatore era più preziosa di qualsiasi gioiello. Lei la tenne in mano senza capirlo. Non lo sapevano, ma era l'ultima volta in cui si sarebbero visti. Pochi giorni dopo lei avrebbe scoperto di essere incinta e sarebbe sparita. Aveva tramandato il nome e, adesso, anche l'oggetto, che aveva fatto infilare in una incongrua catena di oro rosa. È stata riportata a casa. È giunto il momento di indossarla. La mette sul tavolo e si avvia alla doccia.

Quando esce, avvolta in un telo bianco, è buio e Bob se ne sta in piedi, vicino al tavolo, tenendo la piastrina tra due dita.

«È tua?»

«Non proprio. Ma è arrivata fino a me. Era dell'uomo che abitava qui, e prima ancora di un suo antenato.»

«Riuscivo a leggere solo le iniziali, le tue, pensavo fossi stata in qualche esercito, o guerra.»

«Per come è arrugginita avrei dovuto fare una guerra di oltre un secolo fa... Girati che mi devo rivestire.»

Bob obbedisce.

«Che cosa fai tu, invece, nella vita?»

«Studio.»

«Cose scientifiche? Scienze ambientali?»

«Giurisprudenza.»

«Ah.»

«Per combattere qualsiasi causa, per vincerla, è sul piano del diritto che bisogna portarla. Cambi una legge, et voilà!»

«Nessuna legge può salvare un ghiacciaio.»

«Adesso no, ma prima si sarebbe potuto.»

«Cent'anni fa.»

«Facciamo mezzo secolo.»

Andrea si è rivestita, nuovamente di bianco.

Escono sulla piccola veranda. Decine di fuochi brillano nella notte. Le lucciole sono le braci delle tante sigarette accese. La musica è sorprendente: classica, malinconica. Non è un sabba, è un requiem. Lo riconosce: il Requiem di Fauré, l'arrangiamento della messa cattolica abbreviata, per i morti, in latino. Il *Libera me*. Ne sa ancora tradurre il testo:

Liberami, Signore, dalla morte eterna,
In quel giorno spaventoso, in quel giorno.
Quando i cieli saranno scossi,

Quando i cieli e la terra saranno scossi,
Finché verrai a giudicare col fuoco le generazioni.

Tremante, tremante son diventato io
E ho paura, fintantoché non verrà il giudizio
Ed anche l'ira futura.

Giorno d'ira sarà quel giorno,
Di calamità e di miseria.
Sarà un gran giorno quello
E amaro, amaro intensamente.

L'eterno riposo dona loro, o Signore
E splenda ad essi la luce perpetua.

Liberami, Signore, dalla morte eterna,
Libera me, o Signore.

È ancora troppo presto per il suo ultimo compito. Siede ad aspettare.

Bob, alle sue spalle, chiede: «Che cosa resterà del ghiacciaio quando non ci sarà più?».

«Niente. Come niente resta delle persone che nessuno ha conosciuto. Verrà dimenticato, qualcuno penserà che non sia neppure mai esistito.»

«Un sogno bianco.»

Si volta di scatto: «Cosa hai detto?».

«Un sogno bianco. Sai, quelli che al risveglio non si ricordano e ci si convince di non aver sognato?»

«Sì... sì... lo so cos'è un sogno bianco.»

Gli va vicino e gli fa una carezza sul volto.

Bob si commuove, non arretra.

«Ehi, non sono mica un tramonto.»

«No, è che... stiamo tutti perdendo qualcosa e non sappiamo che cos'è.»

«O cerchiamo di dimenticarlo per andare avanti.»

Continuano a parlarsi stando di profilo, come se in quella posizione fosse più facile confidarsi: in fondo lo stanno dicendo a se stessi e se lo porta via il vento. «Mia madre se n'è andata quando ero ancora piccolo e non riesco a ricordare come fosse il suo viso...»

«Ci sono le fotografie.»

«Non è la stessa cosa, è un ricordo indotto, distorto, poi li fai muovere come non si muovevano, parlare come non parlavano e inventi l'effetto del contatto...»

Capisce benissimo che cosa intenda, le capita la stessa cosa con l'uomo che era stato il suo padre biologico. L'aveva incontrato, è vero, ma per pochi minuti, in una circostanza straordinaria, che ha passato il resto della vita a cancellare.

«Quanti anni avevi, quando tua madre se n'è andata?»

«Due.»

«Io... mio padre... quattro.»

Siedono davanti a un orizzonte di scintille.

Lei vuole cambiare discorso e l'occasione si presenta caracollando.

«Guarda!»

È un cane a pelo lungo e fulvo, incrocio di più razze, affaticato ma dall'aria decisa. Viene verso di loro, difficile immaginare da dove sia partito e perché. Si ferma, si siede sulle zampe posteriori e li osserva. Non ha un collare, una medaglietta, niente che lo possa identificare. È arrivato come se conoscesse il percorso e, soprattutto, il traguardo. Infatti emette un sospiro e si accuccia, soddisfatto, ai loro piedi.

«Ha scelto te o me?» chiede il ragazzo.

«Non saprei, forse ha scelto il posto.»

«Neanche il gatto sceglie il posto. È una leggenda. Gli animali scelgono la persona.»

«Sei sicuro non appartenga a uno dei tuoi amici addormentati nel sonno dei giusti?»

«Sì, non c'erano cani quando siamo saliti, neanche uno.

Perché non vuoi credere a un po' di magia? Dalla notte è sbucato un cane e ci ha scelti per alleviare la nostra solitudine.»

«Un po' di magia? Lui?»

«Come sai che è un lui?»

«Perché si chiama Bob, come la capanna.»

Ridono insieme.

Andrea allunga la mano e accarezza Bob, il cane. Lui chiude gli occhi e sprofonda la testa fra le zampe anteriori.

«Figlio del caso» sussurra.

Poi, a voce più alta: «Come te».

«Il caso?»

«Il caso, il caso. Ho ricostruito la storia familiare che parte da qui. C'era una volta uno che si chiamava come me ed è morto senza sapere di avere un figlio in arrivo. Quel figlio non ebbe il suo nome perché non c'era la certezza che il padre fosse morto in guerra. Nessun cadavere, considerato disperso. Ma non tornò mai. Il nome riapparve in quella famiglia molti anni dopo. Di nuovo, lo portò un uomo che morì senza sapere di aver avuto un figlio, anzi una figlia. Il nome finì con lei, non l'avrebbe più portato nessuno.»

«Tu non hai figli?»

«Posso avere te, se vuoi. Che cosa conta il sangue? Vi adotto stanotte, te e il cane, i due Bob.»

Lui sorrise: «Sarebbe bello».

«Però non mi prendo anche tuo padre...»

«Te lo sconsiglierei.»

«Affare fatto?»

Si stringono la mano e mentre lo fanno hanno entrambi in mente la stessa immagine, una visione dell'indomani: lei all'alba che si avvia controsole sul sentiero in discesa e il cane che si sveglia di colpo e le va dietro scodinzolando. E così sarebbe stato.

O meglio, Andrea si sarebbe avviata, il cane Bob l'avrebbe seguita, lei si sarebbe fermata, chinata, gli avrebbe accarezzato la testa e poi gli avrebbe fatto segno di tornare indietro, perché aveva un nome, un destino, un giovane uomo da accompagnare per un tratto di vita. Lei viaggia sola. Né compagni né cani. Improvvisamente liberata, in ogni possibile senso. La fine di una storia è quando il protagonista ne conquista il significato, poi accada quel che deve.

Si è stesa accanto al ragazzo Bob, con il cane Bob accucciato ai piedi. Si sono tenuti per mano mentre scivolavano oltre le consapevolezze. Fermarsi a quel contatto è stato così giusto da essere facile, da risultare per lei il più pieno dei gesti. Lui si è consegnato all'ammirazione perpetua e al ricordo indelebile di quella donna, venuta a celebrare la fine del ghiacciaio e della sua stirpe, nata, cresciuta e morta lassù. E lassù dispersa.

«Vuoi che sia con te quando...?»

«Preferisco farlo da sola, è una cosa intima.»

«Lo capisco. Io sono molto stanco. Mi metto giù e magari m'addormento.»

Tra il mettersi giù e l'addormentarsi, un soffio.

Un uomo in pace.

Bob il cane si addormenta pure lui. Andrea è sveglia, con un'urna di ceneri sul comodino, aspettando il momento. Le braci nella notte vanno spegnendosi. I fuochi accesi dai ragazzi si estinguono uno dopo l'altro, ne rimangono ancora pochi.

Quando si sarà spento l'ultimo, pensa.

Ha imparato la pazienza.

Strano, disperdere cenere quando muore un ghiacciaio. Non più che portare quel che resta di tua madre dove lei ti ha concepita.

Quando si chiude il cerchio si resta dentro per sempre o si può saltarne fuori?

Andrea cerca la risposta all'indovinello della sua esistenza. Quel che ha capito tornando infine lassù è che davvero è stata una Darman, anche quando non lo sapeva. Ha vissuto come gli altri Andrea, isolata e prigioniera, ma è venuta fin lì per trovare una prosecuzione fuori dalla linea del sangue, per andare oltre la fine. *Libera me.*

Stacca la mano da quella del ragazzo, si stende sulla schiena, chiude per qualche istante gli occhi e sogna cose che non ha mai visto: un braccio incastrato nel ghiaccio, un plotone d'esecuzione, una discesa con gli sci fino a una porta che si apre e rivela sua madre, nuda e innamorata.

Nel sonno sente dei colpi alla porta, cerca di svegliarsi, ma una parte di lei lotta per convincerla a credere nel sogno, a farne la propria fede anche se non riesce mai a vederlo, proprio per quel motivo.

Apre gli occhi. Si alza, prende la borsa, esce all'esterno. Anche lei, come sua madre, come la trisnonna di cui nulla ha mai saputo, ha compiuto il percorso in salita, ha pregato per i morti, ha desiderato un diverso destino per sé e per gli altri, ma ha ancora una scintilla di energia per scendere e provare a realizzarlo. L'ultima luce si sta spegnendo. Afferra l'urna, svita i bulloni malfermi che reggono il coperchio. Guarda la valle, poi il cielo. Prende una manciata, abbassa le palpebre e la lancia in aria. Non c'è vento, eppure ha la sensazione che le sia tornata indietro: sul volto, sulle braccia scoperte. Riapre gli occhi e vede la neve che scende.

È la notte tra il 4 e il 5 agosto del 2037 e sui resti del ghiacciaio M, ormai estinto, ha cominciato a nevicare. Prende un'altra manciata di cenere, la lancia e l'intensità della nevicata le pare aumentare. Getta tutto il contenuto e una coltre comincia a posarsi sull'erba, sulle rocce, sulle tende chiuse, su quel campo di evenienze. Richiude l'urna e la posa sulla panca. La nevicata non rallenta. È ancora in corso all'alba, mentre riparte senza più voltarsi. Tutti i ragazzi del futuro stanno dormendo. Non sa che cosa stiano sognando, se vedranno la montagna imbiancata. È solo una possibile evenienza. Nella sua mente sente ancora i colpi alla porta, ma continua a camminare: la vita è ricominciata, la vita ci prova sempre.

Nota dell'autore

Il ghiacciaio M è ispirato a quello della Marmolada. Il nome di fantasia è stato scelto per potersi concedere alcune libertà narrative che rendano la vicenda universale, combinando eventi altrove accaduti. Molti dei fatti raccontati sono realmente avvenuti così come, per contribuire al senso di realtà, sono autentiche le frasi contenute nelle lettere dei soldati e alcuni episodi riferiti nei loro diari. I nomi dei personaggi sono stati inventati e così quelli delle località e degli esercizi commerciali. Lo stesso rispetto per i caduti sul ghiacciaio quando era una presenza dominante ho cercato di dimostrare anche per quelle che sono state, sono e temo saranno le vittime e le conseguenze del suo ritiro.

Sottoguda-Capanna Bill-Assisi
ottobre 2021-giugno 2022

Indice

Finito di stampare nel mese di settembre 2022
presso Grafica Veneta – via Malcanton, 2 – Trebaseleghe (PD)

Printed in Italy